Un rôle pour trois

Biographie

Après une carrière artistique dans le domaine de la communication, de la photo et du cinéma, David Hudson est devenu romancier. Il est l'auteur sous divers pseudonymes de soixante livres pour la jeunesse, dont plus de la moitié chez Bayard : ouvrages historiques, récits fantastiques, romans d'aventure et romans d'amour.

© 2005, BAYARD Éditions Jeunesse
3, rue Bayard, 75008 Paris
ISBN : 2 7470 1566 1
Dépôt légal : février 2005
Loi n°49 956 du 16 juillet 1949 sur les publications destinées à la jeunesse.
Reproduction, même partielle, interdite.

DAVID HUDSON

Un rôle pour trois

BAYARD JEUNESSE

Avertissement

Si tu aimes le chant, la danse, la musique,
le théâtre ou le cinéma,
ce livre est fait pour toi.
Découvre les coulisses de l'**Art School**,
l'académie des arts du spectacle
la plus prestigieuse de Paris,
où des élèves talentueux travaillent
avec acharnement pour atteindre la perfection.
Leur objectif : devenir des artistes reconnus !

Prologue

De grands yeux d'un bleu foncé, de longs cheveux noirs, la jeune fille aurait pu être séduisante sans la peur qui l'enlaidissait.

L'ombre se tenait à quelques mètres, patiente, silencieuse.

La jeune fille contourna la grande table pour tenter de lui échapper et gagner la sortie. Mais l'agresseur, plus rapide, lui barra le passage, les bras écartés. Il jouait avec elle, conscient de la terreur qu'il inspirait. Elle recula avec lenteur, et, secouant la tête d'un air éperdu, elle balbutia :

— Pourquoi ? Pourquoi ?

L'ombre se contenta de sourire. Autour d'eux, le bâtiment était désert et obscur. Elle pouvait hurler, personne ne l'entendrait. Elle était à sa merci.

« Pourquoi moi ? » se répétait-elle avec désespoir. Elle croyait connaître le jeune étudiant. Depuis un an qu'ils fréquentaient la même école, elle s'était montrée gentille avec lui, et il ne l'avait jamais inquiétée. Jamais comme aujourd'hui. Il avait un air effrayant, la bouche tordue, des yeux de fou.

— Laisse-moi, supplia-t-elle.

À cette heure tardive, le quartier environnant était mal fréquenté. Elle aurait dû être chez elle depuis longtemps, mais, absorbée par son travail, elle avait oublié l'heure. En relevant la tête, elle avait été surprise de constater que la nuit était tombée. Dire que la présence du garçon l'avait rassurée, au début ! Il était un peu singulier, imprévisible, parfois irascible. Pas plus que d'autres, en vérité.

— Maintenant, ça suffit. Il faut que je rentre. Laisse-moi ! ordonna-t-elle en maudissant sa voix tremblante.

— Nous allons partir ensemble, c'est plus prudent.

L'accent était méchant, sarcastique. Elle voulut crier, et ne réussit qu'à émettre un sanglot.

Soudain, il s'effaça et lui fit signe de passer en

s'inclinant avec cérémonie. Elle se persuada que ce n'était qu'une plaisanterie stupide.

— Tu m'as fait une de ces frousses ! soupira-t-elle.

« Surtout ne pas lui montrer que j'ai toujours peur ! » Elle marcha sans hâte vers la porte. Puis, se jugeant hors d'atteinte, elle se mit à courir. Elle atteignait l'escalier lorsque ses bras la happèrent et la soulevèrent de terre. Elle se débattit en vain. Il était fort, lui broyait la poitrine.

Quand elle cessa de bouger, il la remit sur pied et lui tordit un bras derrière le dos.

— Tu vas marcher, gronda-t-il. Et je ne te conseille pas d'essayer de m'échapper. Si tu m'obéis, il ne t'arrivera rien.

— Stop ! cria une voix.

Un homme au look d'ado (jean troué et baskets délacées) surgit de l'ombre. La jeune fille s'éloigna de son tourmenteur en se frottant les bras :

— Il faut une prime de risque pour jouer avec toi !

Le jeune comédien qui tenait le rôle de l'agresseur baissa la tête d'un air renfrogné :

— Désolé !

— L'improvisation n'était pas mauvaise, reconnut l'homme en jean. Mais toi, Marco, tu en fais un peu trop dans le genre *serial killer*. On doit sentir que tu t'en prends à elle à regret. Au fond, tu ne lui veux pas de mal. Tu ne peux pas agir autrement, tu comprends.

— OK, dit Marco.

— Toi, Véronique, tu dois être désorientée. Marco n'est pas un inconnu pour toi. À la limite, tu le suivrais de bon gré s'il savait s'y prendre. Mais il est maladroit. On dirait qu'il n'a pas la conscience tranquille. C'est ce qui t'inquiète. Mais, surtout, n'exagère pas. Dans vos rapports, tout doit être ambigu, feutré.

— Sans texte, c'est difficile, soupira Véronique

L'homme sourit.

— Je suis à la recherche de mes personnages. Les dialogues seront très différents, et je ne parle pas des situations. La démarche est inhabituelle, je vous le concède. Mais vous êtes bien placés pour savoir qu'à l'Art School on ne fait jamais les choses comme ailleurs !

Il frappa dans ses mains :

— Si on éclairait ?

Marco alluma les spots de la salle de théâtre où ils venaient d'interpréter leur scène de terreur.

— Tout, éclairez tout ! exigea l'homme.

— Tout comment ? demanda Véronique.

— Toute l'école, les salles, les couloirs, le hall, les terrasses, les ateliers.

Amusé, il les regarda se précipiter dans les

escaliers. Marco Lerici avait tendance à surjouer. En revanche, Véronique Raymondi révélait un vrai talent de comédienne. Il décida de la revoir et de lui donner sa chance.

Lorsque tout fut illuminé, il sortit pour contempler le bâtiment, qui ressemblait à un grand paquebot.

Il s'appelait Serge Mailleret. Il avait trente-cinq ans. On lui en donnait vingt. Metteur en scène, il avait choisi comme décor de son prochain film l'Art School de Paris, l'une des académies des arts du spectacle les plus réputées au monde. Ce n'était qu'un projet. Personne n'était encore au courant, sauf la directrice, Martha Ferrier. Lors des auditions auxquelles il soumettait les étudiants, futurs comédiens, à l'heure où élèves et professeurs étaient partis, il se gardait bien de faire allusion au film, par prudence et par superstition...

Il aimait cet endroit, son âme, son mystère.

« Ce sera une fantastique aventure ! » songea-t-il avec satisfaction, sans savoir qu'elle allait dépasser toutes ses prévisions.

Chapitre 1

— Vous savez la nouvelle ? Le film sur l'académie, c'est parti, on le tourne !

L'adolescent enthousiaste s'appelait Phil Paloma. Son auréole de cheveux blonds amenuisait encore son visage pointu. Et la chemise noire qui lui tombait aux genoux ressemblait au tablier des rapins, ces jeunes peintres de jadis en quête de génie et en mal d'argent.

— Toutes ces auditions, c'était pour ça ? demanda Scarlet Tavernier, jolie brune aux yeux verts qu'illuminait le mot magique de film.

— Abel et son cinéma vérité, non merci ! ricana un troisième étudiant.

Abel Michelis était responsable de la section cinéma à l'Art School.

— Qui te parle d'Abel et de reportage ? dit Phil. Il s'agit d'un long métrage réalisé par Mailleret.

— Le réalisateur de *Cicatrices* et des *Tours de Kourov* ? intervint Jason Masur, incrédule.

Élève de troisième année, Jason passait pour l'un des éléments les plus doués de l'académie, et la référence en matière cinématographique.

— Serge Mailleret lui-même, acquiesça Phil.

— Pourquoi il viendrait perdre son temps dans cette boîte ? grogna Jason, les yeux au ciel.

Cicatrices était un film âpre et violent, tourné sur les îles d'Aran, au large de l'Irlande. Serge Mailleret affectionnait les déserts et les décors sauvages. Sans avoir le pittoresque de ces paysages, le bâtiment de l'académie, une ancienne usine entièrement remodelée par un architecte chinois, ne manquait pas de caractère. Mais Jason n'aimait pas l'Art School. Il s'y sentait prisonnier, brimé, incompris.

— Le thème de son film est séduisant, fit remarquer David Harris.

Bon comédien et scénariste, David était le rival de Jason. Il était le fils adoptif de Bénédict Kazan, riche industriel qui finançait l'académie.

— Une histoire de loup-garou ? plaisanta Jason, avec une grimace qui accentuait sa laideur.

— Une intrigue policière, dit David.

— *La Malédiction de l'Art School* ! s'écria Jason d'une voix d'outre-tombe.

— C'est toi, la malédiction de l'académie, dit Élisa, une jeune Italienne aux yeux de chatte.

Descendus des étages supérieurs dans le grand hall, les étudiants s'agglutinaient autour d'eux. Dans cette école aux murs de verre, les nouvelles se répandaient vite, et l'on était toujours au spectacle.

— Voici quelqu'un qui pourra vous renseigner, annonça David.

Martha Ferrier, la directrice de l'Art School, s'avançait parmi les curieux. Célèbre danseuse avant qu'un grave accident ne la cloue sur une chaise roulante, Martha menait son école d'une main de fer.

— Je constate que vous êtes déjà au courant, dit-elle. Mais oui, un film va être tourné ici même. Vous ignorez peut-être que Serge Mailleret est un ancien de l'académie. C'est ce qui m'a convaincue de lui accorder cette autorisation. Serge était un élève brillant. Sa carrière n'a pas démenti le jugement que nous portions sur lui : le Prix spécial du Jury à Cannes, l'Ours d'Or à Berlin…

Jason applaudit bruyamment. Le beau visage de Martha se crispa :

— Je vous en souhaite autant !

Son regard survola la centaine d'élèves qui l'entourait :

— Le tournage va durer trois mois et perturber vos études. D'un autre côté, il sera riche d'enseignements pour tous. Si le film est réussi, comme je l'espère, il permettra de faire mieux connaître les méthodes de notre institution. Le projet m'a séduite parce que certains, ici, contribueront à sa réalisation…

— Des actrices ? s'écria Scarlet.

— Des acteurs, bien sûr, des scénaristes, des techniciens, des musiciens. Pour Serge, le principe de travailler avec des débutants est un défi. Nous savons qu'il y a dans notre académie bien des talents. Ceux qui seront choisis auront une grande responsabilité. J'espère qu'ils sauront saisir cette opportunité.

La directrice se tut. Aussitôt, les questions fusèrent de tous côtés :

— Qui sélectionnera les acteurs ?
— Et les scénaristes ?
— On tiendra compte des notes ?
— Les élèves de première année ont aussi leur chance ?

Martha leva une main apaisante :

— Serge répondra lui-même à ces questions. Il choisira son équipe en toute liberté. Pendant ce temps, les cours continueront, même si les horaires sont modifiés. En aucun cas le tournage ne doit affecter vos résultats.

Sur ces mots, Martha fit pivoter sa chaise roulante et regagna son bureau. Après son départ, les élèves restèrent silencieux. Le soleil, perçant la verrière du hall, éclairait leurs visages rêveurs et donnait à l'immense hall des allures de cathédrale.

— J'espère que Mélissa pourra revenir à temps pour le casting, dit Élisa.

Mélissa Lioret, sans conteste la meilleure comédienne de l'Art School, était hospitalisée pour une maladie sans gravité.

— Dans son état, il est recommandé d'être prudente. Je la remplacerai de mon mieux, plaisanta Scarlet.

— Terrible effort de ta part, déclara Jason.

Le sourire de Scarlet révéla ses dents blanches :

— J'ai des talents insoupçonnés, petit faune.

Ce surnom de faune, divinité antique, mi-homme mi-chèvre, convenait de façon cruelle à la physionomie de Jason, à ses cheveux crépus, à son front et son menton proéminents. Scarlet, elle, avait un visage et un corps ravissants.

— Je n'en doute pas, murmura-t-il en s'attardant sur les hanches nues de la jeune fille.

Il se tourna vers David et demanda :

— Tu comptes participer au scénar ?

David fit un signe affirmatif. Il avait travaillé

sur une idée similaire, quelques mois auparavant. Il s'agissait de réaliser un film à sketches consacré à toutes les activités de l'académie : la danse, le chant, la musique, le théâtre, le cinéma. Son scénario avait été jugé original, mais trop ambitieux. Faute de pouvoir le réaliser, il était parti à New York, où il avait passé son enfance. Dès la rentrée, il était revenu à l'Art School. Dans cette « usine à rêves », il se sentait mieux que partout ailleurs.

— Et toi ? demanda-t-il. Tu vas bosser pour Mailleret ?

Le faune secoua sa tête bouclée :

— Ce sera un travail d'équipe. Or, tu me connais : je travaille seul.

— Attends de voir.

— Pensez à moi, murmura Élisa d'une voix implorante. Un rôle d'amoureuse, genre romantique.

— Ça lui irait à merveille, dit Jason à David. Je la vois très bien... une Sicilienne passionnée...

Son débit s'accéléra brusquement :

— Noire comme un pruneau, teigneuse, toute en griffes et en jurons !

Il se sauva dans le jardin de l'académie, poursuivi par la jeune fille, au milieu des rires de l'assistance.

Chapitre 2

— J'ai un titre : *Secrets de stars*, dit Serge Mailleret. J'ai aussi une idée : dans une école comme la vôtre, des comédiennes disparaissent mystérieusement à leur sortie de scène.

Il fit aussitôt plancher une vingtaine d'étudiants sur le sujet et en sélectionna trois : Stéphane Nicolaï, Laurent Fayol et Paul Accardo. David et Jason furent écartés. Le premier, qui ne doutait de rien, avait proposé d'être associé à la réalisation. Le second avait travaillé avec sa démesure coutumière. En définitive, Serge avait choisi les candidats qui, à travers l'intrigue policière, avaient su mettre le lieu en valeur. « Le personnage principal, c'est l'académie », répétait-il.

— Une suggestion…, dit Stéphane. Dans l'atelier, pendant que les décorateurs peignent les décors, les images qu'ils font surgir préfigurent les lieux où disparaîtront les deux héroïnes.

Serge sourit :

— Intéressant.

Stéphane regarda les deux autres scénaristes d'un air victorieux. C'était un garçon très brun, large d'épaules, avec des cicatrices aux arcades sourcilières et une façon de baisser la tête en parlant qui faisait penser à un boxeur.

— N'oubliez pas de rester dans le ton de la comédie, insista Serge. Le suspense ne doit pas verser dans l'horreur. À ce propos, j'ai apprécié le dialogue des danseurs.

Ce fut au tour de Paul d'être satisfait, car il était l'auteur de cette séquence riche en surprises et en malentendus, au cours de laquelle on ne savait plus si l'on devait rire ou pleurer.

— Pour incarner Maria, je verrais bien Alazaïs Deschamps, suggéra Laurent.

— Pourquoi pas Océane ? s'écria Paul.

— Ou Anaïs !

Chacun avait son actrice préférée. Serge leva les bras en riant, avec l'air de dire : « N'en jetez plus ! » Ses premières auditions lui avaient permis de découvrir cinq candidats potentiels. Il avait chargé Agnès, son assistante, de poursuivre son travail et d'opérer une nouvelle sélection.

— Maria, le personnage principal, est un rôle complexe, expliqua-t-il. Elle joue à la star, mais en réalité c'est une fille timide, secrète, peu sûre d'elle.

— Pour une timide, elle affronte le danger avec un sacré caractère, objecta Laurent.

— On peut être timide et courageux, ce n'est pas contradictoire. Maria est un mélange de force et de fragilité.

Une sonnerie retentit, indiquant aux trois scénaristes qu'ils devaient rejoindre leurs classes respectives.

— Encore un petit quart d'heure, maugréa Laurent. On n'a pas terminé.

Serge se leva, intraitable :

— Vous connaissez la règle : les cours passent avant le film. Je reverrai le découpage et les dialogues. Demain, ici, à la même heure.

Sous sa décontraction, le réalisateur dissimulait une grande autorité. Il lui suffisait de quelques mots pour imposer ses idées sans brimer ses jeunes assistants. Il corrigeait leurs erreurs, rectifiait leurs maladresses, maîtrisait leurs excès, et ils subissaient tous les trois son ascendant sans l'ombre d'une frustration.

Ils quittèrent la salle 104, cellule de verre entre deux salles de danse, avec la sensation déprimante de passer du monde des professionnels dans celui des écoliers. Après leur départ, Serge fit le point avec Agnès.

— Voici ta liste, dit-elle.

Elle avait accompli son travail en trois jours avec son efficacité coutumière. C'était une femme intelligente, expérimentée, et peu bavarde, qualité qu'il appréciait entre toutes. Ils avaient de l'estime l'un pour l'autre, mais pas de véritable amitié, sans doute parce qu'elle avait été la collaboratrice de son producteur, Ralph Fernandez, avant de travailler pour lui. Serge appréciait sa compétence, mais il se demandait jusqu'à quel point il pouvait lui faire confiance. Le silence d'Agnès était éloquent : elle désapprouvait ce film. En particulier, le principe de confier des tâches importantes à des apprentis, un caprice à ses yeux.

— Merci, dit-il en glissant le feuillet d'une vingtaine de noms — maigre sélection ! — dans la poche de son jean.

Il lui proposa de reconnaître les lieux en sa compagnie. Elle refusa, estimant sans doute le travail achevé après les premiers repérages. Il erra donc seul dans les couloirs. Les étudiants lui souriaient. Une jeune fille vint lui parler, vive, un peu effrontée. Il ne put s'empêcher de la considérer comme une actrice possible, ne lui trouva aucun emploi, et la quitta brusquement pour échapper à son bavardage.

Continuant sa visite, il descendit dans l'atelier des décors, vaste ensemble vitré adossé à la façade nord de l'académie. De son temps, cet atelier n'existait pas. Il regarda s'activer les décorateurs en salopette blanche.

Mike Bernardt, le chef d'équipe, était un grand gaillard affublé d'un short militaire et d'une chemise léopard. Il fit défiler devant le réalisateur ses toiles peintes, suspendues à des rails. Il en retenait certaines au passage.

— Ce décor-là a servi au *Prince de la Lune*, un hommage à Cyrano. Et celui-ci pour *Watson & Cie*. Qu'est-ce que vous en pensez ?

— Pas mal, dit Serge en examinant le panneau représentant les docks de Londres. Et le grand, là-bas ?

— *Atlantis*, trop futuriste, décréta Mike en repoussant le décor sur son rail.

— Pas sûr, dit une voix au fond de l'atelier. Si l'on utilise des décors, il faut exagérer les contrastes. Un décor de science-fiction avec une atmosphère actuelle, par exemple.

— C'est David Harris, vous le connaissez ? demanda Mike.

Serge se retourna vers le jeune homme d'une vingtaine d'années. « Beau, intelligent, sûr de lui », résuma-t-il après un rapide examen.

— David est le fils de Bénédict Kazan, ajouta

Mike avec un mélange de considération et de réprobation.

« Que sait-il du film en l'état actuel ? » se demanda Serge.

— Ces contrastes, comment les utiliserais-tu ?

David répondit sans hésiter :

— Dans les séquences les plus dramatiques. Une disparition va avoir lieu. Il faudrait qu'elle se produise au cours d'une scène cocasse ou fantastique, décalée par rapport à l'action du film. À mon avis, les dialogues sont encore beaucoup trop bavards, malgré vos coupures.

« Mes dialogues ? Il a lu le script ! » conclut le réalisateur, désagréablement surpris. Il avait pourtant recommandé à ses scénaristes de ne parler de leurs travaux à personne. Par quel miracle un exemplaire du projet avait-il atterri entre les mains de David ? Sa présence dans l'atelier n'était pas fortuite. Il était là pour donner son avis.

— Tu veux participer à l'écriture ? demanda Serge.

David secoua la tête avec un petit sourire :

— Je ne suis pas qualifié.

L'expression de son visage signifiait le contraire. « Il voudrait être à ma place », comprit le réalisateur. Serge avait encore en tête le scénario de David, et surtout sa prétention de vouloir tout diriger. Cet état d'esprit était loin de lui déplaire. L'orgueil, l'ambition et le défi étaient les moteurs de la création.

Il choisit quatre décors sans l'approbation des autres. Il savait exactement comment les utiliser, et ce qu'il ferait de David, le moment venu.

Chapitre 3

Les acteurs pressentis pour le film étaient souvent déconcertés lorsque Serge leur demandait d'interpréter des rôles à contre-emploi. C'était la méthode du réalisateur pour déceler les ressources de ceux qui allaient travailler pour lui.

Agnès assistait aux séances sans émettre la moindre opinion. Il était pratiquement impossible de deviner ce qu'elle avait en tête. Pourtant, Serge l'avait vue à l'œuvre lors du tournage de *Cicatrices*. Elle s'était révélée une assistante remarquable, méticuleuse, organisée, capable de deviner ce qu'il attendait d'elle.

Il reporta les yeux sur la scène du petit théâtre,

où une candidate achevait un monologue de Topor.

— Élisa, vous avez un accent charmant.

La jeune élève lui retourna une grimace comique.

— À Milan, on me dit la même chose, à cause de mon accent français. Je suis un caméléon apatride.

— Une actrice, en somme, répondit Serge en riant de bon cœur. Je crois que je vais vous réserver un petit rôle.

L'Italienne poussa un cri de joie.

— J'ai dit : petit, insista le réalisateur.

Élisa fronça le nez :

— Petit comment ?

— Petit !

Elle leva la main droite au ciel en murmurant : « *Va bene.* » Elle avait un visage expressif, un tempérament effervescent et un réel talent de comédienne. Une fille intéressante. Il nota son nom dans son carnet, accompagné d'un bref commentaire, selon son habitude. Dans *Secrets de stars*, elle n'aurait que trois répliques. Mais il pourrait faire appel à elle sur un autre tournage, qui sait ? Surtout éviter de le lui dire. Les jeunes comédiennes étaient si impatientes, et le cinéma si avare de premiers rôles.

— Nicole, dit-il à Agnès.

L'assistante tira un feuillet d'une liasse posée

sur ses genoux et le tendit sans un mot à Élisa. Le personnage de Nicole se réduisait à quelques lignes, ce qui faisait de l'Italienne à peine plus qu'une figurante. « Pour être petit !... », pensa-t-elle. Elle était d'autant plus déçue qu'elle avait conscience d'avoir fait une certaine impression sur le réalisateur.

Derrière la porte du théâtre, Amélie Anselme attendait son tour. Elle saisit les mains d'Élisa :

— Ça n'a pas marché ?

— J'ai décroché un bout de rôle.

Le doux visage d'Amélie exprima une joie sincère :

— C'est super ! On dirait que tu es déçue. Pourquoi ?

— Déçue, non. Émue, c'est tout.

Comment faire comprendre à la paisible Amélie la passion qui la dévorait ? C'était leur troisième année à l'Art School. Amélie suivait sa formation de danseuse sans jamais perdre patience. Élisa enviait sa sérénité. Elle avait quitté Milan, sa ville natale, pour entrer à l'académie contre la volonté de son père et de ses frères. À leurs yeux, sa vocation n'était qu'une lubie, et le théâtre n'était pas un métier. Leur maison de haute couture était prospère. Ils l'adjuraient de rentrer en Italie et de rejoindre sa famille. De son côté, elle était pressée de démontrer qu'elle pouvait faire une grande carrière au cinéma. Pour cela, elle avait besoin d'un grand rôle, et vite.

— C'est un début. Je sens des ondes positives tout autour de toi, dit Amélie.

Élisa sourit, mais elle bouillait intérieurement. « Ce qu'il me faudrait, c'est mon nom en grosses lettres sur une affiche, un film de Spielberg par exemple ! *Vai*, je suis givrée, Gianni a raison. »

Gianni Fornèse était le frère aîné d'Élisa. Il criait très fort, la menaçait et finissait par céder à tous ses caprices.

Après avoir terminé ses auditions, Serge alla se perdre dans les couloirs de l'académie. Il faisait cela chaque jour sous prétexte de s'imprégner de son atmosphère. En réalité, il partait à la recherche de son adolescence. Là, il avait fait des études de comédien avant de se lancer dans la réalisation, découvert l'émotion et le plaisir de paraître en scène. Il avait été amoureux. Qui sait ? Ce film n'était peut-être qu'un prétexte pour retrouver son passé.

Ce temps-là n'était pas si lointain, et l'Art School pas très différente de ce qu'elle était autrefois. Il reconnaissait les bruits, les rires, l'excitation. Le look des étudiants avait changé, mais il ne s'était pas assagi. Chez les garçons, le style *skateboarder* faisait place aux baggies. Les filles dévoilaient davantage leur anatomie.

Certaines subissaient la contagion du gothique. Elles s'habillaient de noir et se maquillaient pour ressembler à des morts vivants.

Serge fit halte au troisième étage, derrière le mur vitré des salles de danse. Sept filles et trois garçons évoluaient sur le plancher où il peinait jadis. Le modern-jazz n'était pas sa matière favorite, mais il lui avait permis d'acquérir une maîtrise du corps essentielle à son métier de comédien.

Le ballet auquel il assistait alliait le charme et l'humour. Serge reconnut la patte de Joss Roudinesco. En dix ans, la prof n'avait pas pris une ride. Elle portait toujours ses soixante kilos de muscles avec une souplesse et une aisance peu communes.

Parmi les élèves, il remarqua une fille blonde et menue, d'une beauté délicate. Des yeux d'un bleu très pur, un teint de neige. Princesse des glaces. Pourquoi ne l'avait-il jamais rencontrée ? « Mauvaise comédienne, sans doute », se dit-il. Il attendit patiemment la fin de la leçon. La fille dansait bien. Il nota la légèreté des gestes, l'expression enfantine du visage, les pommettes hautes, le sourire. Personne n'avait pu lui apprendre à sourire ainsi. Rien de comparable avec le masque des danseuses en plein effort : « On sourit, mesdemoiselles, on ne se crispe pas, on sourit ! » Ce sourire-là était joyeux, spontané, candide. Aussitôt, il l'imagina sur l'écran. Dès que Joss eut annoncé : « Fini pour aujourd'hui ! » il entra.

Il reconnut la chaleur de l'air et l'odeur des corps, l'attitude des danseurs : le bandeau qu'on arrache, les cheveux qu'on détache, la serviette jetée autour du cou. En le voyant, les élèves s'attardèrent. Les filles ralentissaient leurs gestes. Chacun se demandait s'il avait été à son avantage. Serge avait auditionné certains d'entre eux ; Agnès avait écarté les autres. La blonde qu'il avait remarquée faisait partie des éliminés. Elle lui jeta un bref regard, ramassa ses affaires et sortit à l'instant où Joss poussait un cri :

— Serge, pas possible ! Tu es venu prendre ta leçon ?

— Sans façon.

Il ne l'avait pas revue depuis qu'il hantait les lieux. Ils s'embrassèrent.

— J'ai vu *Cicatrices*, dit Joss. Pas de doute, tu es plus doué pour le cinéma que pour la danse !

— C'est un compliment ?

Elle ignora la question. Son visage avait pris l'air renfrogné qu'il avait connu jadis lorsqu'elle était déçue par ses élèves.

— Dis-moi, tu ne comptes pas installer ton fourbi dans mes salles ? Si c'est ça, je te préviens, je déménage.

Il prit sa voix la plus caressante pour murmurer :

— J'ai besoin de toi, Joss.

— Deux cents étudiants à former, ça ne te dit rien ?

— Et un film d'une heure et demie à réaliser en quatre-vingt-dix jours ?

Joss partit d'un rire inattendu :

— Je sens un parfum de revanche dans cette invasion. Du genre : « J'ai souffert sur tes planches, c'est ton tour à présent ! »

— Tout ce que je veux, c'est te voir travailler, Joss.

— Au milieu d'une tonne de matériel !

— Tu ne remarqueras même pas ma présence.

— Et mes danseurs ? Une mouche les dérange !

— Je fournirai l'insecticide.

Joss inclina la tête, accablée.

— Merci, Martha, grommela-t-elle. Je t'ai demandé d'alléger mon emploi du temps. Résultat, tu me colles ce cinéaste de malheur. Pourquoi tu n'as pas choisi l'été, les vacances ?

— Je veux filmer la vie, l'école en pleine effervescence, la passion, l'inspiration. Tiens, cette lumière dans tes yeux, l'ironie... À propos de regard, je viens d'en croiser un au milieu de tes danseurs, un regard bleu.

Joss renifla d'un air dégoûté :

— C'est tout ce que tu as retenu de mon *Santiago* ?

— Non, bien sûr, c'était génial.

— Génial ! Tu n'as jamais rien compris à la danse, bougonna-t-elle. *Santiago*, c'est drôle, désinvolte, flamboyant. Mais le génie, c'est Roland Petit, pas Roudinesco.

— Cette fille, insista Serge, une blonde, très pâle, type norvégien, avec une flamme intérieure. La glace et le feu.

— Anaïs. Anaïs Villemer, dit Joss. Pour la glace, c'est bien vu. Quant au feu, tu as de l'imagination. J'ignore à quel emploi tu la destines. Si tu veux mon avis, tu devrais plutôt chercher du côté de sa petite sœur, Gisèle. Elle est plus douée à tout point de vue. Anaïs est une fille travailleuse et attachante, mais sans réel talent.

— Elle est pourtant en deuxième année.

— Ça ne signifie rien. Il lui manque l'essentiel, le feu sacré.

— Elle danse bien, d'après ce que j'ai vu.

— D'après ce que tu as cru voir. Entre nous, tu n'es pas expert en la matière. Malgré sa grâce et sa beauté, cette petite aura beau faire, elle n'atteindra jamais le niveau professionnel.

Serge se mit à rire :

— Toujours aussi indulgente, à ce que je constate ! Je vais quand même faire un essai. Anaïs, Gisèle Villemer...

Il nota les noms dans son carnet.

— Je suis certaine que ton film sera génial, dit Joss en insistant ironiquement sur l'adjectif.

Serge lui adressa un sourire contraint. Il aurait aimé partager son optimisme. Il rêvait depuis des années de filmer l'Art School. Alors, pourquoi ce mauvais pressentiment, tout à coup ?

Chapitre 4

Serge avait rencontré les sœurs Villemer à trois reprises. La plus jeune avait plus de fraîcheur, de spontanéité et de talent, mais c'était décidément Anaïs qui l'intéressait. Sous son air tranquille, il sentait le malaise d'une âme tourmentée. Il aimait ces passions enfouies. Justine, l'héroïne de *Cicatrices*, était lisse et secrète comme Anaïs. Il avait perçu sa fièvre intérieure dès le premier instant. Un orage dans un ciel limpide. Une tension imperceptible. Quand la tempête s'était déchaînée, le phénomène avait donné *Cicatrices*, un chef-d'œuvre.

Il dévisagea la jeune comédienne avec sympathie.

— Voici le scénario, dit-il. Étudie bien le rôle de Maria.

Le cœur d'Anaïs se mit à battre plus vite, et ses joues se colorèrent sous l'effet de l'émotion. Stéphane Nicolaï, avec qui elle sortait depuis six mois, lui avait fait lire le script, dont il était très fier. Elle n'ignorait donc pas que Maria était le personnage principal de *Secrets de stars*.

— Vous voulez me confier un rôle ? murmura-t-elle d'une voix à peine audible.

Serge prit un air détaché pour répondre :

— Celui de Maria, oui.

Anaïs porta la main à sa bouche. Les jambes coupées, elle se laissa tomber sur un banc. Ils étaient dans le jardin de l'académie, presque désert. Derrière eux, le soleil incendiait les verrières du bâtiment.

— Ne t'affole pas, dit le réalisateur. Tout ira bien.

Elle acquiesça en silence. Ce rôle, c'était la chance de sa vie, mais elle craignait de ne pas se montrer à la hauteur.

— Et Gisèle ? demanda-t-elle.

— Ta sœur est douée, mais ce rôle est fait pour toi, pas pour elle. Le scénario est pratiquement au point. On a commencé le dépouillement des premières séquences…

Elle avait du mal à se concentrer sur le discours technique de Serge. Pour la première fois, elle était la vedette. Sa cadette était plus belle, plus brillante qu'elle. Elle dansait à la perfection, jouait du violon, chantait comme Madonna. Surtout, elle avait l'assurance et le culot qui lui faisaient défaut. Avec ça, Gisèle était douce et gentille. Anaïs adorait sa sœur. Tout le monde l'aimait.

— Et les autres comédiens ? s'enquit-elle.
— David incarnera Jean.
— David Harris ? s'exclama-t-elle.
— Tu le connais ?

Elle inclina la tête. Toutes les filles rêvaient de jouer avec David. Elle songea avec satisfaction qu'elle allait susciter bien des jalousies.

— Véronique Raymondi sera Marie-Odile, poursuivit Serge. Ed Vitalis, Florent ; Julie Meilhan, Mado ; Élisa Fornèse, Nicole.

Anaïs nota les noms au crayon sur la couverture du scénario.

— Quand on parle du loup ! plaisanta le réalisateur.

Élisa traversait la pelouse. Il lui fit signe d'approcher.

— Nicole, je te présente Maria. Maria, voici Nicole.

Les deux jeunes filles commencèrent à bavarder avec animation. Évitant de se mêler à la conversation, Serge se contenta de les observer. Très vite, elles oublièrent sa présence et échangèrent des confidences en gloussant, comme la plupart des filles de leur âge. Il nota avec satisfaction qu'elles correspondaient bien à ses personnages, l'une exubérante et emportée ; l'autre douce et réservée, avec une sorte de rayonnement intérieur.

Les répétitions commencèrent le lundi suivant. Les six acteurs principaux se retrouvèrent sur le toit-terrasse de l'académie, surnommé par les étudiants le Jardin du ciel. Par beau temps, l'endroit était idéal pour travailler, car il comportait un vaste espace scénique ensoleillé, et des batteries de projecteurs pour les prises de vues nocturnes.

Le réalisateur avait demandé à son chef-opérateur, Jonas, d'assister à la répétition. Une caméra vidéo à l'épaule, Jonas commença à exécuter des portraits des comédiens.

— Ne vous occupez pas de moi, servez-vous.

Un panier de croissants était posé sur le sol. Les jeunes acteurs s'en emparèrent, cependant ils étaient trop tendus pour faire honneur au petit déjeuner.

— Super, la bouche pleine, Anaïs ! s'exclama Jonas en cadrant le visage de la jeune fille.

Anaïs faillit s'étouffer.

— Ne crache pas sur mon objectif ! plaisanta le chef-op.

Ils éclatèrent de rire. Il n'y en avait pas deux comme Jonas pour détendre l'atmosphère.

— Où est Agnès ? s'emporta Serge. Il est presque dix heures !

— Cette fille est une emmerdeuse, je te l'ai toujours dit ! grommela Jonas.

— Bon, en attendant on va faire quelques prises, décida le réalisateur. Pour commencer, la séquence de la dispute entre Jean et Maria. Donc, Jean est jaloux du succès de Maria, mais il ne veut pas l'avouer, alors il invente un prétexte, celui du rendez-vous manqué. En fait, c'est lui qui a commis une erreur. Vous y êtes ? Tout le monde a son texte ? David et Anaïs, à vous. Les autres, vous rentrerez au signal.

Les jeunes comédiens se placèrent face à face.
— Rapprochez-vous, dit Serge. Jonas ?
— OK pour moi, grogna celui-ci.

David avait les mains libres, ce qui signifiait qu'il connaissait son texte. Anaïs se demanda si elle devait se débarrasser du sien. Elle le garda.

— Je t'ai attendue ! débuta David d'un ton hargneux.

Anaïs le regarda avec une douceur attristée avant de répondre :
— JE t'ai attendu.

Le ton n'y était pas. Serge la fit recommencer à plusieurs reprises. Au lieu de s'améliorer, elle devenait de plus en plus nerveuse.

— Je n'y arriverai pas ! balbutia-t-elle.

— Ce n'est rien, dit Serge. Tu es un peu crispée, c'est normal. Détends-toi. Bien sûr que tu vas y arriver. Il faut entrer dans la peau de ton personnage. Tu es Maria, une fille timide, mais tenace. Comme toi. Allez, on reprend.

— JE t'ai attendu, répéta Anaïs.

« C'est mieux », pensa Serge.

— Avec toi, c'est toujours la même chose, dit David.

Anaïs devait tourner la scène à la plaisanterie.

— Évidemment, je suis fidèle, moi.

— Curieuse conception de la fidélité...

Là non plus le ton n'était pas juste. Il aurait fallu plus d'ironie. Cependant, Serge la laissa continuer. Cette fille avait des qualités, mais elle était complexée. C'était à lui d'utiliser ses peurs et de canaliser ses doutes pour forger la personnalité de Maria.

Ed Vitalis allait intervenir lorsque Agnès déboucha sur la terrasse, et, contournant Jonas, vint se pencher à l'oreille de Serge :

— Téléphone à Ralph.

Ralph Fernandez, patron des films Bleu océan, était le producteur du film.

— Tu crois que c'est le moment ? explosa le

réalisateur. Je te signale qu'on répète depuis neuf heures.

— Il attend ton appel, insista Agnès avec un calme exaspérant.

Jonas arracha la caméra de son épaule :

— Je te le disais bien que c'était une emmerdeuse !

Agnès lui lança un regard meurtrier :

— Si vous voulez bosser pour rien, c'est votre affaire !

La phrase, pleine de sous-entendus, inquiéta Serge. Il saisit son mobile.

— Agnès t'a dit ? aboya Ralph.

Serge inspira profondément pour retrouver son calme.

— Qu'est-ce que ta petite protégée est censée me dire ?

— J'ai engagé Flora Michèle.

Après un long silence, le réalisateur réussit à articuler :

— Tu ne veux pas dire pour *Secrets de stars* ?

— Pour quoi d'autre ? rugit Ralph. Maria est un rôle trop subtil pour être confié à une débutante.

— Les rôles sont déjà attribués, dit Serge d'un ton froid.

— Tu n'as qu'à annuler !

— Ben voyons ! Au fait, je croyais que le budget de prod était bouclé, fit remarquer le réalisateur.

— Dépassé, tu veux dire, répliqua Ralph. Je te rappelle que j'ai pris des risques en finançant ce film. C'est pour limiter la casse et assurer un minimum d'entrées que j'ai besoin d'une tête d'affiche. Tu comprends ça ?

Serge crispa les poings :

— Je comprends, oui.

— Et le film est trop long. Je te suggère des coupures. Agnès te remettra le projet.

« Garce ! pensa Serge. C'est elle qui a manigancé tout ça ! » Il avait une envie folle de tout envoyer promener. Que Ralph se débrouille avec sa vedette et son script foireux ! Mais il eut soudain conscience des regards fixés sur lui. Il songea à ses jeunes comédiens et à tous les autres étudiants qui travaillaient pour lui depuis un mois. Il ne pouvait pas les laisser tomber. Dans leur intérêt, il devait se plier aux exigences de Ralph et faire au mieux avec la liberté qui lui restait.

Après avoir coupé la communication, il sourit tristement à Anaïs :

— Désolé, dit-il. Mais le rôle de Maria est confié à une actrice connue, à cause d'un connard de producteur !

Il espéra qu'Agnès répéterait textuellement ses paroles à l'intéressé.

Chapitre 5

Anaïs aurait dû être soulagée d'être déchargée d'un rôle qui l'écrasait, or elle éprouvait une affreuse déception. Interpréter Maria aurait pu être le début de sa carrière, l'occasion de prouver aux autres qu'elle n'était pas la fille insignifiante qu'ils imaginaient. Son rêve s'écroulait.

Elle s'accrocha de toutes ses forces à la rampe de l'escalier de secours, vestige du temps où le bâtiment était encore une usine. Les étudiants empruntaient cette vrille de fer, de préférence au grand escalier qui « chantait et dansait comme celui de la *Maison du Diable* », ainsi qu'aimait à le dire Jason.

— Tu viens boire un café ? proposa Ed.

Anaïs fit non de la tête sans détacher ses mains du métal, indifférente aux étudiants qui la bousculaient en circulant d'un étage à l'autre. Elle était passée en un instant d'un espoir insensé au désespoir le plus sombre. Après l'avoir choisie parmi des centaines de candidates, Serge l'avait sacrifiée à la volonté du producteur.

— Il te confiera un autre rôle, il l'a promis, dit Ed avec gentillesse.

« Celui de Margaux, pensa-t-elle avec amertume. Il a beau être mineur, il sera toujours au-dessus de mes forces ! »

Ed n'était pas mieux loti. En effectuant des coupures, le producteur avait réduit son personnage à un squelette sans consistance. David, Véronique, Julie et Élisa avaient eu plus de chance, leurs rôles étaient intacts, mais la déconvenue de leurs deux camarades les consternait. Les élèves qui ne faisaient pas partie de la distribution leur glissaient quelques mots de consolation. Ils étaient moins sincères, les filles surtout. Anaïs croyait lire dans leur regard : « Dommage pour toi, tu n'étais pas à la hauteur. Tu n'as pour ça ni le physique ni le talent. Pas étonnant qu'on ait fait appel à une autre. » Le pire, c'est qu'elles avaient raison.

— Viens !

David posa les mains sur ses épaules. Elle

secoua la tête, farouche. Elle n'avait pas besoin de pitié, mais de solitude !

Il murmura :

— Tu vois la manière dont elles t'observent ? Pleure, tu feras des heureuses !

Il l'attira contre lui et fit de même pour Ed. Il les poussa vers la spirale de fer. On ne résistait pas à David, à son regard clair et à sa voix, grave et pénétrante. Anaïs sentait le contact de sa main sur sa nuque. Beau, il ne manifestait pas l'arrogance des garçons qui se croyaient irrésistibles. Il l'était pourtant, irrésistible. « Dire qu'on devait jouer ensemble ! » pensa-t-elle tristement. Ils n'avaient interprété qu'une scène, bien maladroitement. Avec le temps, et la patience de Serge, peut-être...

Troublée, elle se répéta : « C'est Stéphane que j'aime. » Elle sortait avec lui depuis six mois sans vraie passion. Stéphane savait être tendre et attentionné, mais il gâchait souvent les instants les plus doux par des mouvements d'humeur incontrôlés.

Comme ils atteignaient le hall, celui auquel elle pensait sortit de la cafétéria, hirsute et congestionné, en criant :

— Il faut tout stopper !

— Stopper quoi ? demanda David.

Stéphane le regarda comme s'il était demeuré :

— Le film ! Pas question de se laisser faire !

David sourit, moqueur :

— Et tu comptes l'arrêter comment ?

— En refusant de travailler.

— Si tu renonces, ils prendront quelqu'un d'autre, voilà tout.

— Pas si l'académie fait bloc. Ce film, c'est le nôtre !

Le sourire de David évolua de l'ironie au sarcasme :

— Rêve !

— Tu ne crois pas à la solidarité ?

— Il ne s'agit pas de ça. Nous ne sommes pas des artistes sous contrat. Alors, tes propos de syndicaliste n'impressionneront personne, fais-moi confiance. Si les élèves refusent de tourner, Fernandez engagera des comédiens professionnels, qui se feront un plaisir de jouer à notre place.

— Virer Anaïs, OK, mais le fils de M. Kazan, pas touche, n'est-ce pas ? ricana Stéphane.

Au lieu de se mettre en colère, David lança à Anaïs un regard de commisération :

— Je te plains !

— Arrête, Steph, ordonna la jeune fille.

Il y avait des moments, comme celui-là, où elle avait honte de lui.

— C'est pour toi que je me bats, je te signale, grommela Stéphane.

Anaïs fit voler ses cheveux blonds :

— Merci, je me défends très bien toute seule !
— Ben voyons !
Sa raillerie la blessa.
— À la place de Maria, je vais incarner Margaux. Le rôle est moins important, mais néanmoins intéressant.
— Tu es ravie, on voit ça à ton air !
— Lâche-moi, tu veux, soupira Anaïs, excédée.
Ils furent interrompus par un mouvement de foule au centre du hall. David aperçut un homme brun, très corpulent, en compagnie d'une séduisante jeune femme brune d'une vingtaine d'années. Il reconnut instantanément Flora Michèle. Il l'avait admirée dans *Anouk,* le film qui l'avait révélée. De toute évidence, l'homme qui l'escortait était Ralph Fernandez, le producteur.
— Elle ne perd pas de temps ! commenta Ed.
Flora traversait la foule des étudiants fascinés avec un amusement condescendant. David vit de l'affectation dans son rire, dans sa façon de repousser ses cheveux en arrière ou de remettre en place la bretelle de sa robe qui glissait perpétuellement de son épaule nue.
— Dis donc, la star ! gloussa Stéphane.
— Elle est vraiment très belle, murmura Anaïs avec une admiration sincère.
Serge Mailleret écarta les curieux pour accueillir les nouveaux venus.
— Vous auriez dû prévenir, dit-il, contrarié.

— C'est une idée de Flora, expliqua Fernandez.

L'actrice se mordit la lèvre :

— Pas si bonne que ça, peut-être.

Elle parut soudain plus jeune, intimidée. Serge la trouva charmante. Pour jouir d'un peu de calme, il les fit entrer dans l'une des salles de réunion du rez-de-chaussée. Les élèves continuèrent à les observer avec curiosité à travers la porte vitrée.

— J'avoue que j'étais impatiente de découvrir l'académie. Elle paraît si prodigieuse à travers vos indications.

Serge ne put dissimuler son étonnement :

— Vous avez lu le script ?

— Elle connaît son rôle par cœur, dit le producteur de sa voix basse, un peu rauque.

Son air satisfait déplut au réalisateur. Si Flora connaissait son texte, cela signifiait que Ralph le lui avait remis plusieurs jours auparavant et que le choix de l'actrice était décidé depuis longtemps.

— Elle est fantastique, non ? ajouta le producteur.

On ne savait pas exactement s'il faisait allusion à sa beauté ou à sa mémoire.

Serge fulminait : la manière dont cet homme grossier avait tout combiné derrière son dos témoignait d'un souverain mépris à son égard. En temps normal, jamais il n'aurait accepté une telle humiliation. Mais il y avait l'académie !

— Vous voulez visiter ? proposa-t-il.

Sans attendre leur réponse, il ouvrit la porte. Flora le suivit dans le hall, où un groupe d'étudiants s'attardait encore.

— Vos partenaires, dit-il.

Il présenta David, Véronique, Élisa, Ed et Julie. Arrivé à Anaïs, il ajouta avec perfidie :

— Et voici Anaïs, qui devait interpréter le rôle de Maria.

Chapitre 6

D'un geste dédaigneux, Serge Mailleret repoussa le dossier que Raphaël Mercœur venait de déposer devant lui :

— Ainsi, vous prétendez avoir amélioré mon scénario ?

Mercœur, petit homme aux cheveux rares et au visage traversé de tics nerveux, s'agita sur sa chaise :

— C'est M. Fernandez qui m'a demandé...

— Je vous connais de réputation, le coupa Serge. Vous êtes trop intelligent pour toucher à un scénar sans me consulter auparavant. Ce n'est pas le cas de Ralph. S'il pensait éviter l'enfer, il réécrirait les saints évangiles !

Mercœur éclata d'un rire trop bruyant. Serge resta de marbre.

— Voyons ces améliorations, dit-il avec un intérêt ironique.

Mercœur écarta les bras comme pour dégager sa responsabilité :

— Avant de faire ce travail, j'ignorais qu'il fût votre œuvre. Jugez de ma confusion ! Le script est excellent. Néanmoins, M. Fernandez trouvait qu'il manquait d'intensité dramatique. Je me suis borné à rendre les scènes d'enlèvement plus angoissantes et à modifier la fin. Entre nous, l'épilogue était un tantinet ingénu. J'ai substitué la mort de Maria à la scène d'amour. Je crois que ça fonctionne assez bien.

— Vous vous êtes... comment dites-vous ? Borné ? répéta Serge en contenant difficilement sa fureur.

— Écoutez, moi, j'ai fait le boulot qu'on m'a commandé, s'empressa de dire Raphaël Mercœur. Maintenant, si vous voulez le mettre au panier, libre à vous.

Serge leva la main pour interrompre ce flot de protestations.

Deux mois de travail perdus. Cette fois, la coupe était pleine. Il n'irait pas plus loin. Tant pis pour l'académie ! Pour elle, il avait tout accepté : les délais raccourcis, le budget réduit, la comédienne qu'on lui avait imposée. Là, non. Cet enfoiré de Fernandez dépassait les bornes ! Dommage, Flora était meilleure qu'il n'avait imaginé. Les répétitions avaient montré l'étendue de son talent. Elle n'avait que trois films à son actif, mais on voyait au premier coup d'œil qu'elle était digne des éloges dont les critiques l'avaient couverte.

Elle poussait David à se dépasser. Leur couple fonctionnait à merveille. Dire qu'il devait commencer le tournage le lendemain ! Les techniciens installaient le matériel, l'organigramme était au point, la feuille de service prête. Tout ça pour rien. Terminé, Fernandez ! Déjà, par sa faute, le tournage de *Cicatrices* avait été un enfer. Mais, à force de ténacité, Serge était parvenu au bout de son projet. Tandis que, cette fois, son film avait perdu son âme avant de commencer.

— On va en rester là, dit-il.

Il ne s'adressait pas à Mercœur, mais à Agnès, le lien le plus direct avec Fernandez. D'ordinaire impassible, l'assistante marqua le coup :

— Vous voulez dire… ?
— Exactement.
— Il prendra un autre metteur en scène.
— Je lui souhaite bonne chance !

Laissant le scénariste et l'assistante en tête-à-tête, il s'en fut dans les couloirs de l'académie. Les premiers jours, il n'était qu'un visiteur de marque. À présent, il faisait partie de l'école. Il entrait dans les salles de classe, assistait aux cours. On lui jetait un regard, puis on l'oubliait. Il avait l'impression d'être redevenu un étudiant comme les autres. En se fondant ainsi dans le décor, il avait pu noter de précieux détails auxquels, hélas, il allait devoir renoncer.

Au deuxième étage, il s'arrêta devant le théâtre. On répétait *L'Encre noire*, une pièce amère et désespérée. Il poussa la porte et s'installa au dernier rang. Attentive au jeu des acteurs, la classe ne remarqua pas sa présence.

Sur scène, une fille et un garçon s'affrontaient. Serge fut fasciné par le talent de la jeune comédienne, mélange de dureté et de féminité, de passion contenue et de souffrance. Pourquoi ne l'avait-il pas auditionnée ? « Encore un oubli volontaire d'Agnès », pensa-t-il avec rancune. Il demanda son nom à l'étudiante assise devant lui. Elle chuchota sans tourner la tête :

— Mélissa Lioret.

C'était donc elle, la fameuse Mélissa. On n'avait pas exagéré, elle avait vraiment des dons exceptionnels. Il n'arrivait pas à détacher les yeux de la jeune fille agenouillée, qui laissait échapper les mots comme des sanglots. Il ne put s'empêcher de penser qu'elle aurait fait une Maria sublime. Une de plus ! Intense et inspirée, plus vraie que Flora elle-même.

Le professeur de théâtre, Guillaume Richelme, interrompit la répétition pour faire quelques observations. Mélissa se tenait devant lui, tremblante, le visage ravagé par le chagrin, littéralement consumée par son personnage.

« Pourquoi n'est-elle pas venue me rendre visite après avoir repris les cours ? pensa-t-il. Il faut à tout prix qu'elle travaille avec moi. »

Son enthousiasme s'éteignit brusquement. Durant quelques minutes, il avait oublié le naufrage de *Secrets de stars*. Il sortit en silence et descendit le grand escalier avec, sur les lèvres, l'amertume de l'échec.

En bas, il se heurta à Martha, postée au milieu du hall.

— Suis-moi !

Elle le précéda dans son bureau, cognant les portes et obligeant son personnel à s'écarter devant les pare-chocs de son fauteuil roulant. Avant d'avoir pu prononcer une seule parole, Serge se trouva assis sur une chaise de fer devant une Martha au regard accusateur, les mains crispées sur ses roues.

— C'est vrai ce qu'on raconte ? demanda-t-elle. Tu abandonnes ?

Il haussa les épaules :

— Ce n'est plus mon film, ni même un film, du reste.

— Et l'académie, dans tout ça ?

— L'académie n'a rien à gagner avec un mauvais film.

— Je croyais que le talent consistait à faire une œuvre d'art à partir d'une matière médiocre ?

Serge reconnut ses propres paroles, prononcées dans un contexte très différent. Il sourit de mauvaise grâce :

— Fernandez ne se contentera pas de rectifier le scénario et d'imposer ses acteurs. Demain, par caprice, il décrétera que le cadre de l'académie ne lui convient pas, et il exigera de tourner à l'école Polytechnique ou bien au cirque Dolfuss.

— Il ne fera plus aucun changement, affirma Martha.

— Si vous avez autant d'autorité, pourquoi ne pas être intervenue plus tôt ? grommela le réalisateur.

La directrice balaya l'objection d'un revers de main :

— À partir du nouveau scénario, malgré ses faiblesses, tu peux créer une œuvre forte et personnelle, j'en suis sûre.

— Vous l'avez lu ?

— Lu et relu.

Le réalisateur la dévisagea avec incrédulité. Puis, convaincu qu'elle disait vrai, il fit entendre un petit rire acide :

— Si je comprends bien, je suis le dernier informé ! Car je ne l'ai pas lu, moi, figurez-vous, je n'ai pas eu ce privilège. J'ai dû me contenter des commentaires de Mercœur.

— Un bon scénariste, Mercœur, dit Martha. Il a travaillé avec de grands réalisateurs.

Elle se mit à énumérer quelques génies du septième art.

— Là n'est pas la question, la coupa Serge. Ou plutôt, si, justement. S'il était aussi bon que vous le prétendez, Mercœur aurait dû travailler avec moi, au lieu d'écrire dans son coin. J'ai besoin de sentir les choses, et, là, je ne les sens pas!

— Tu n'as même pas lu son projet, tu viens de me le dire, fit remarquer Martha, ironique.

Serge se pencha vers elle :

— Vous le trouvez bon ? Soyez franche !

— Je préférais de loin ta version, admit-elle. Il y a dans celui-ci d'excellentes idées, dont tu pourras tirer parti, j'en suis certaine. Entre nous, le scénario de *Cicatrices* n'était pas transcendant.

— Peut-être, mais c'était le mien, maugréa Serge d'un air entêté.

Martha sourit, puis elle considéra son ancien élève avec sévérité :

— J'ai mobilisé l'académie, bousculé les cours, modifié les horaires, mis les étudiants et les professeurs à ta disposition. Tout cela, je l'ai fait uniquement pour toi. En échange, j'attends un effort de ta part.

— Je suppose que je devrais vous dire merci ?
Martha frappa ses accoudoirs :
— Et comment !

Chapitre 7

Il fallait s'y attendre, la révolte gronda chez les jeunes scénaristes lorsqu'ils virent leur travail réduit à néant.

— Je croyais que vous refusiez de tourner cette nullité ? lança Stéphane.

— Qui es-tu, toi, pour juger le travail des autres ? riposta Serge. Je te signale que Mercœur était déjà un grand scénariste alors que tu n'étais pas né !

— Je ne vous le fais pas dire ! ricana l'étudiant.

— L'intrigue est différente, reconnut le réalisateur sans prêter attention à l'insolence. À nous de relever le défi et de refléter l'atmosphère de l'académie, et la passion de ceux qui y vivent.

— Passion, tu parles ! râla Stéphane.

— Avec une actrice qui n'a jamais mis les pieds à l'académie, ironisa Laurent.

— Et un peu trop vieille pour le rôle, ajouta Paul. Quel âge a-t-elle, au fait ? Vingt-quatre ans ?

— Vingt-deux, précisa Serge. Mais dans *Anouk* elle en paraît seize.

— Qui a seize ans ? demanda une voix rieuse.

Flora vint se mêler à eux dans la salle du théâtre. David l'accompagnait, élégamment vêtu d'un costume noir et d'une chemise bleu pâle. Avec eux, il y avait une femme d'une quarantaine d'années, nommée Myriam, qui ne quittait jamais l'actrice d'une semelle.

— Toi, dit Serge.

Le visage de Flora refléta la joie et l'émotion. « Si elle joue la comédie, c'est fort bien imité », pensa le réalisateur.

— C'est gentil, mais Anaïs était plus conforme au personnage du premier scénario, murmura Flora.

— Et toc ! triompha Stéphane.

— Pas d'accord, dit David. Flora paraît toute jeune, et elle a une présence extraordinaire à l'écran.

Stéphane leva les yeux au ciel :

— Qu'est-ce que tu en sais ? On n'a pas commencé à tourner !

— De toute façon, plus question de modifier

quoi que ce soit, décréta Serge. Le moindre problème entraînerait la mort du projet.

— Je préférais de loin le premier scénario, murmura Flora.

— Moi aussi, dit David, à qui elle s'adressait. Mais la vedette du film, ce n'est ni toi, ni moi, ni Anaïs. C'est M. Ralph Fernandez.

Flora fit la grimace :

— Un vrai forban !

— C'est lui qui t'a imposée, si je me souviens bien, fit remarquer traîtreusement Stéphane.

Les yeux de Flora se mouillèrent. Ses mains se mirent à trembler. « Comédienne ! » pensa Stéphane. David, lui, posa un bras protecteur sur les épaules de l'actrice, et elle s'abandonna contre lui.

— On est tous ravis que tu fasses partie de l'équipe, intervint Serge avec chaleur. Ce film, nous allons le réaliser ensemble, comme prévu, et il sera remarquable. À ce propos, je vous rappelle que le tournage débute dans un quart d'heure. Alors, si vous le voulez bien...

Il les précéda dans l'atelier des décors, où les techniciens finissaient de régler l'éclairage. La troupe observait les préparatifs lorsqu'un nouveau venu trébucha au seuil de la salle, une pile de dossiers coincée sous son menton proéminent. Sur ce socle de papier vacillant, la toison bouclée et les traits bosselés de Jason semblaient posés comme une tête de statue.

— J'ai revu le dépouillement de A à Z, un sacré boulot ! grommela-t-il. J'avoue que je ne vois pas la raison de toutes les modifications. La version initiale était simple, celle-ci est d'une complexité absurde. L'enquête policière empiète sur le spectacle. L'illusion disparaît.

— Tu n'es pas le seul à perdre tes illusions, dit Stéphane avec aigreur.

— Jason va me servir d'assistant à la place d'Agnès... indisponible, coupa Serge.

Les comédiens échangèrent des sourires entendus, car ils n'ignoraient pas la raison de ce changement. L'espionne de Fernandez était désormais interdite de séjour à l'académie. À la place, ils allaient avoir ce fou de Jason, génial et insupportable.

Leurs cours finis, les étudiants envahissaient peu à peu l'atelier.

— Il y a foule, ce soir, plaisanta Jason.

— Prêts pour la séquence de la première disparition ? demanda le réalisateur.

— La onzième, précisa Jason sans consulter le planning.

— La onzième, confirma Serge. Jean et Margaux. Au fait, où est Anaïs ?

Jason parcourut des yeux l'assemblée, de plus en plus nombreuse, qui se pressait dans l'atelier.

— Anaïs ?

— Elle est sortie, dit une voix.

Le réalisateur fronça les sourcils.

– Comment ça, sortie ? Elle savait pourtant qu'on devait tourner à cinq heures précises ! Sois gentil, va la chercher, demanda-t-il à Stéphane.

Le scénariste s'exécuta de mauvaise grâce. Quand il eut disparu, Flora chuchota à l'oreille de David :

– Ton ami ne m'aime pas beaucoup.

– Stéphane ? Ce n'est pas mon ami. Et je trouve que tu as bien assez d'admirateurs comme ça !

Les élèves se disputaient le privilège de lui apporter un café ou d'aller récupérer son écharpe oubliée dans le Jardin du ciel. Elle se moquait gentiment de leur empressement, bien qu'elle en fût flattée.

– On tourne, oui ? s'impatienta Jonas.

– Ça vient, dit Serge.

Il devait commencer dans moins d'une demi-heure pour éviter les tarifs de nuit et affirmer son autorité sur l'équipe technique. Le temps passant, les machinos devenaient nerveux.

– Vous êtes dans le champ ! hurla Jonas en voyant les étudiants envahir son plateau.

Jason fit reculer tout le monde. Avec l'aide des décorateurs, il tendait une corde en travers de l'atelier pour contenir les curieux lorsque Stéphane revint.

– Alors, Anaïs ? s'écria Serge.

Stéphane secoua la tête d'un air sombre :
— Introuvable, et son portable ne répond pas.
— Hilarant, le coup de la disparition, plaisanta Jason. On a dû oublier de lui préciser que c'était devant la caméra qu'il fallait s'esquiver !
— En tout cas, c'est râpé pour ce soir, dit Stéphane.
— Pas question ! s'emporta le réalisateur. Ras le bol des caprices des uns et des autres ! J'ai dit qu'on tournerait, et c'est ce que nous allons faire !
— Quelle séquence ? demanda Jason.
— La onzième.
— Sans Margaux ?
— Avec elle.
Le réalisateur inspecta la foule des spectateurs. Puis, avisant une jeune fille qui observait attentivement le manège des techniciens, il appela :
— Mélissa !

Chapitre 8

Flora Michèle observait la jeune Mélissa. Ce n'était pas une beauté, cependant il émanait d'elle un charme extraordinaire. Flora avait joué dans trois films, plusieurs séries télévisées et des spots publicitaires pour une célèbre marque de parfum. Mais jamais, au cours de sa brève carrière, elle n'avait rencontré de phénomène aussi stupéfiant que la jeune comédienne qui incarnait Margaux. Sans être important, le rôle présentait des difficultés en raison de la complexité du personnage, drôle, attendrissant ou détestable, selon les circonstances.

Mélissa avait assimilé son texte en quelques minutes et s'était fondue dans la personnalité de Margaux avec une facilité déconcertante, au point que Serge Mailleret avait pu tourner sa séquence le soir même, comme prévu, malgré l'absence d'Anaïs. Pour y arriver, il n'avait fallu que deux répétitions et quatre prises.

Serge buvait du petit-lait. Et David, le partenaire de Mélissa, semblait sous le charme. La débutante était dénuée de vanité. Elle faisait tranquillement ce qu'on attendait d'elle, puis s'inquiétait toujours du résultat. N'avait-elle pas forcé sur les larmes ? Sa réplique était-elle assez tranchante ? Avait-elle respecté ses marques ? Non, elle s'était trompée une fois de plus !
Le réalisateur la rassura :
— C'était bien.
Elle fit la grimace :
— On la refait ?
— Inutile.
— Inutile de continuer, enchaîna Jason. Tu as été nulle, comme d'habitude. Pourquoi gaspiller encore de la pellicule ?
Il imita la voix de la comédienne :
— *Tu ne joueras plus jamais avec moi, Jean.*
— C'est la bonne réplique, non ? dit Mélissa.
Jason haussa les épaules :
— Qui aurait envie de jouer avec toi, patate ?

Elle se jeta sur lui en riant. Ils se poursuivirent sur le plateau.

— Gaffe aux câbles! fulmina Jonas. Maudits gamins!

Serge sourit. Il appréciait l'ambiance qui régnait sur le plateau. Après les difficultés qu'ils avaient affrontées, il redoutait les tensions; elles s'étaient apaisées. Et le travail effectué le rassurait pleinement.

Cependant, Anaïs lui était sortie de l'esprit. La voix furieuse de Stéphane le rappela à la réalité:

— Je trouve dégueulasse de priver Anaïs du rôle de Maria, et maintenant de celui de Margaux!

— Que voulais-tu que je fasse? Que j'attende éternellement son retour? Sais-tu combien coûte une journée perdue?

— Vous auriez pu différer le tournage des scènes qui la concernaient, non?

— Ça ne marche pas comme ça, intervint Jason.

— Toi, ferme-la! hurla Stéphane. Tu veux peut-être m'apprendre le métier, sous prétexte qu'on t'a bombardé assistant? Tu me fais bien rigoler, avec ta frime!

— Est-ce qu'on a enfin des nouvelles d'Anaïs? demanda le réalisateur pour calmer les esprits.

Dès le début du tournage et la confirmation du

talent de Mélissa, Serge avait oublié la disparue, et il se sentait coupable.

— Rien, dit Stéphane, on ne sait plus rien d'elle depuis deux jours. Elle n'est pas rentrée chez elle. Personne ne l'a revue, ni ses parents ni aucun de ses amis. C'est pour ça que je suis perdu, vous comprenez ?

Le sentant au bord des larmes, Mélissa s'approcha de lui.

— Je suis désolée, Steph, dit-elle avec douceur.

Il fit un effort pour sourire :

— Tu n'y es pour rien. Mais, bon sang, vous ne trouvez pas cette coïncidence bizarre ? Anaïs a disparu dans les mêmes conditions que Margaux !

— Elle a peut-être voulu se venger, avança Jason.

Stéphane haussa les épaules :

— Anaïs ? Se venger de quoi ?

— D'avoir perdu le rôle de Maria.

— En paumant aussi celui de Margaux ?

— En tout cas, elle n'avait pas l'air d'une fille qui s'apprêtait à faire des bêtises, affirma Véronique. La dernière fois que je l'ai vue, quelques instants avant sa disparition, elle révisait son texte.

— Vous pensez qu'il lui est arrivé quelque chose ? demanda Serge.

— Franchement, je n'en sais rien, dit Stéphane.

Tout de même, il y a de quoi s'inquiéter. Ses parents ont signalé sa disparition à la police.

Les étudiants l'écoutaient avec des sentiments divers. Certains partageaient son anxiété. La plupart croyaient encore à un canular. Mais ils étaient tous intrigués par ce mystère.

— Il faut savoir à qui profite le crime, murmura Flora à l'oreille de David.

— Ah oui, et à qui ? demanda-t-il en souriant.

En la voyant pointer le doigt sur Mélissa, il s'esclaffa :

— Tu n'as pas honte ?

Sous la plaisanterie innocente, il percevait la jalousie. Elle le trouvait trop tendre avec Mélissa. Il en fut flatté, car il était amoureux de Flora. La jeune actrice l'avait deviné et elle semblait l'encourager.

Il admira le profil délicat, la courbe de la joue, les lèvres boudeuses, et les yeux immenses aux cils démesurés. « Une douceur de nuit d'été », pensa-t-il. Il avait une envie folle de la serrer dans ses bras. Mais il y avait bien une centaine d'étudiants qui éprouvaient le même désir que lui au même instant. Pourquoi lui ? Elle n'avait que l'embarras du choix.

Elle le dévisagea d'un air moqueur, comme si elle lisait dans ses pensées :

— Que dirais-tu de partir en catimini ?
— Toi et moi ?

Elle se contenta de sourire.
— Et Myriam, ton ange gardien ?
— Surtout pas.

Ils s'esquivèrent discrètement, dévalèrent les escaliers et franchirent le seuil de l'académie en courant, avec l'impression délicieuse de fuguer. Le campus était désert. Les cinéastes et les étudiants se trouvaient de l'autre côté, dans l'atelier des décors. Flora glissa sa main dans celle de David. À l'instant de monter en voiture, elle se pressa contre lui et lui offrit ses lèvres en songeant avec amusement que leur étreinte faisait partie du film. Maria embrassait Jean. À en juger par l'émoi de son partenaire, la scène était assez réussie.

Ils se croyaient seuls, ignorant que Stéphane les observait depuis une fenêtre du premier étage. S'ils l'avaient su, ils auraient eu des raisons d'être inquiets, car le visage du scénariste reflétait une colère proche de la haine.

Chapitre 9

Malgré deux pauses d'un quart d'heure, Mélissa restait tendue. Il avait fallu pas moins de onze prises pour boucler la scène 17.

— Cesse de penser à Anaïs, gronda le réalisateur en l'enveloppant d'un bras protecteur. Tu n'es pas responsable de son absence.

Le sourire de la comédienne se crispa :

— C'est elle qui devrait être ici, à ma place. Comment ne pas y penser ?

Le regard de Gisèle Villemer la gênait. Pourtant, la jeune fille était gentille, mais sa tristesse elle-même semblait l'accuser. Il y avait maintenant trois jours que sa sœur avait disparu sans laisser de traces. Seul Jason trouvait encore le courage de plaisanter :

— Elle reste fidèle au premier scénario, et elle a bien raison !

La mystérieuse disparition d'Anaïs n'était pas le seul motif du malaise de Mélissa. Le comportement de David et de Flora la troublait également. Pour un œil aussi exercé que le sien, il était évident que les deux acteurs avaient une liaison. Or, Mélissa avait jadis été amoureuse de David. Un amour sans espoir, dont elle s'était crue guérie. Et, là, devant les gestes tendres, les regards échangés par ces deux êtres si merveilleusement assortis, elle avait senti renaître sa douleur et sa jalousie.

— Je ne t'ai pas dit : tu as été géniale, hier.

Mélissa leva les yeux sur David. Il ne se moquait pas d'elle, ce n'était pas son genre. S'il disait cela, c'est qu'il le pensait. David restait courtois et délicat en toutes circonstances.

— Hier ! soupira-t-elle avec une moue dépitée. Aujourd'hui, par contre…

— Moi non plus, je ne suis pas très en forme, tu sais, murmura-t-il pour la consoler.

Elle pensa : « Surtout, ne pas me laisser prendre à son jeu de séduction ! » Ce visage trop beau, ce sourire trop caressant lui avaient fait suffisamment de mal. Soudain, elle surprit un éclair de jalousie dans le regard que Flora posait sur eux. Elle n'était donc pas la seule ! Délicieuse consolation.

— Tu es gentil, David.

Instinctivement, elle accompagna ces mots d'un sourire éblouissant, tout en se traitant de garce. Elle n'ignorait pas que Flora admirait son talent et n'appréciait pas tellement les attentions de David à son égard. Hélas, à ce jeu-là, elle avait perdu d'avance. Sa rivale avait tout pour elle : la beauté, la célébrité, l'expérience. Un jour, peut-être, elle serait comme elle. En attendant, elle n'était qu'une fille bourrée d'illusions.

Ses trois jours de tournage s'achevaient. Le temps était venu pour Margaux de disparaître, et pour Maria d'entrer en scène pour un mois entier. Normal, c'était elle la vedette. Mélissa n'allait plus être désormais qu'une spectatrice comme une autre. Cette situation présentait au moins un avantage : elle allait cesser de se sentir coupable vis-à-vis d'Anaïs, et d'être troublée au contact de David.

Jason annonçait la dernière scène de la journée, qui ne concernait qu'Élisa, lorsqu'un homme s'avança sur le plateau. Grand, mince, vêtu avec une certaine recherche, il regardait autour de lui d'un air intéressé, sans paraître vraiment dépaysé.

— Ce n'est pas l'heure de la visite guidée, grommela Jonas, occupé à placer ses caméras.

— Monsieur Mailleret ? demanda le nouveau venu.

Du pouce, le chef-opérateur lui indiqua le réalisateur.

— On est en plein travail, dit Serge sans se lever de son siège.

— Inspecteur Jacques Roubaud, dit l'homme. Prenez votre temps.

Indifférent à la curiosité dont il était l'objet, il alla s'adosser nonchalamment au mur du hall, à côté du fauteuil occupé par Flora.

— Vous êtes en avance, mon vieux, ne put s'empêcher de plaisanter Jason. Le policier n'intervient qu'à la scène trente-deux. Revenez lundi.

Serge fit taire l'assistant d'un geste impératif. Élisa prenait ses marques, tandis que Jonas faisait le point sur ses deux caméras.

— Vous êtes un vrai ou un faux ? demanda Flora au visiteur.

L'homme s'autorisa un sourire :

— Ça dépend.

— Vrai flic ou faux acteur ?

— Je suis inspecteur à la brigade criminelle, la crime, comme on dit. Et vous êtes Flora Michèle. J'ai vu vos films.

— Mes films policiers ?

— Vous n'en avez aucun à votre répertoire, pas que je sache, du moins. Je n'ai vu que trois films.

— Mes œuvres complètes ! plaisanta Flora.

— Silence, on tourne ! cria Jason. Vingt-quatre, première !

Il actionna son clap. Tous les yeux fixèrent le plateau. La scène, une dispute entre un prof de chant et son élève, était pleine de fantaisie, et Élisa insolente à souhait. Tous les spectateurs la trouvèrent remarquable, sauf Serge, qui critiqua sévèrement sa façon de jouer. Ensuite, il s'en prit à Georges Meyrieu, qui lui donnait la réplique. Enfin ce fut au tour de Jonas de faire les frais de sa mauvaise humeur. Mais le chef-op n'était pas du genre à se laisser incriminer sous de faux prétextes, et leur discussion dégénéra en querelle.

Le réalisateur exigea douze prises. Lorsque le tournage s'acheva, tout le monde poussa un soupir de soulagement. David et Flora s'éclipsèrent. La plupart des étudiants les imitèrent. Jacques Roubaud resta à sa place, impassible.

— Je suis à vous, dit Serge avec un soupçon d'agacement. Venez, nous allons essayer de trouver un endroit tranquille.

— Celui-ci convient très bien, fit remarquer le policier.

Sans se donner la peine de répondre, Serge le précéda à grands pas dans les couloirs.

— Joli décor, apprécia l'inspecteur en examinant les cloisons de verre, le parquet de bois rouge et le plafond couleur de ciel.

Serge s'assit et indiqua un fauteuil en vis-à-vis.

— Je suppose que vous voulez me parler d'Anaïs ?

— Ce n'est qu'une enquête de routine, dit Roubaud. Mlle Villemer est majeure, et donc libre d'aller où bon lui semble. Mais ses parents ont insisté. Ils ont des relations, comme on dit. Bref, je dois interroger ses proches, notamment ses copains d'école. Lesquels, selon vous ?

Serge ne cacha pas son étonnement :

— Mme Ferrier ou ses professeurs sont plus à même que moi de vous renseigner. Ils ne vous ont pas remis une liste ?

— Si, elle mentionne la moitié de l'école, dit Roubaud en tirant plusieurs feuillets de sa poche. Une façon de se débarrasser de moi, j'ai l'habitude. Remarquez, c'est plutôt rassurant, on ne semble pas accréditer la thèse d'un enlèvement. Mais je voudrais votre avis sur son entourage.

— Franchement, je ne vois pas très bien pourquoi vous vous adressez à moi, s'impatienta le réalisateur. Je ne fais pas partie de l'académie, vous savez. Je suis un simple visiteur, comme vous.

Le visage du policier refléta son scepticisme :

— D'après ce que je sais, vous êtes un ancien élève.

— Il y a dix ans de ça !

— En outre, j'aimerais avoir un exemplaire du scénario.

Serge ne put masquer son ironie :
— Vous vous intéressez au cinéma ?
— À ce film-ci en particulier. Si j'ai bien compris, il est question d'enlèvements. Or, une comédienne a disparu. La similitude des situations mérite qu'on s'y arrête, non ?

Serge poussa un soupir résigné. Il était épuisé, incapable de soutenir une conversation, encore moins un interrogatoire.
— Il s'agit sans doute d'une plaisanterie. Les étudiants sont coutumiers de ce genre de mystification.
— C'est votre opinion ?
— Non, avoua Serge. En réalité, je ne sais que penser. Je ne connais pas très bien cette jeune fille. Tout ce que je peux dire, c'est qu'elle a l'air sérieuse et équilibrée, pas du genre à quitter un tournage sans prévenir. À vrai dire, je ne suis guère en état de réfléchir.

Jacques Roubaud n'insista pas. Il se leva :
— Je reviendrai, mais, rassurez-vous, je ne gênerai pas votre travail.

Il déposa une carte sur la table de réunion.
— Si un détail important vous revient, vous pouvez toujours me contacter à l'un de ces numéros.

Serge appuya sur l'interphone.

— Dites à Jason de me rejoindre salle 104 avec un exemplaire du script, ordonna-t-il.

En attendant le jeune assistant, l'inspecteur évoqua *Cicatrices*. Il en parlait fort bien, avec une richesse d'expression et une élégance de langage surprenantes. Il aurait pu incarner l'inspecteur dans *Secrets de stars*. Mais on ne jouait pas à cela dans la police, et l'homme était trop civilisé pour être crédible.

Quelques instants plus tard, Jason arriva et déposa deux scripts devant l'inspecteur. Comme celui-ci les feuilletait, l'assistant précisa :

— Ils sont différents. J'ai pensé que la comparaison des deux versions pouvait être utile.

— Deux scénarios ! Vous voyez, on ne se refuse rien, dit Serge avec une ironie amère.

Chapitre 10

L'académie faisait penser à l'une de ces puissantes machines conçues pour capter les échos des galaxies. En parcourant ses couloirs, on entendait des chants, la mélodie d'un piano, les plaintes d'une trompette, des rires et des sanglots mêlés, des serments et des imprécations, la soul de Maxwell et le hip-hop de Nivea, cent autres bruits plus mystérieux et désordonnés.

Naguère, Mélissa aimait cette fête perpétuelle. Mais, depuis la disparition d'Anaïs, elle trouvait ces explosions de joie indécentes. Le premier mouvement d'émotion passé, on avait oublié la jeune fille. La vie reprenait son cours. La vie égoïste des artistes. Sur les planches ou derrière les murs de verre, des personnages d'air et de papier prenaient la place des êtres de chair et de sang.

L'un des professeurs de théâtre, Guillaume Richelme, le leur répétait : « Rien n'est plus fragile qu'une star. Au sommet de la gloire, on se croit immortel, inoubliable. Puis tout s'éteint brusquement. On sombre dans l'indifférence, et bientôt dans l'oubli. »

« Expérience personnelle », ironisait Jason, qui avait peu d'estime pour Guillaume. La plaisanterie amusait Mélissa. C'était avant l'« enlèvement » d'Anaïs, le mot qu'on employait maintenant en secret.

L'irruption de Jacques Roubaud confirma d'abord les craintes de la jeune comédienne : il était arrivé quelque chose de grave à Anaïs ! Ensuite, l'attitude du policier la rassura. Il se promenait nonchalamment dans les étages, observait les répétitions, écoutait les concerts, avec l'air d'être là par plaisir plus que par devoir. Mélissa ne pouvait s'empêcher de le suivre pour savoir, pour comprendre. Elle se répétait qu'Anaïs n'avait pu disparaître ainsi sans laisser la moindre trace, et que le policier devait forcément détenir de précieuses indications.

À force de le surveiller, elle finit par se faire remarquer. Devant la porte du petit auditorium,

Roubaud se retourna brusquement et lui demanda :

— Vous avez quelque chose à me dire ?

Mélissa se troubla :

— Non... Si... Je voulais avoir des nouvelles...

— Vous connaissiez bien Anaïs ?

— Pas tellement, en fait. Elle est en deuxième année, moi en troisième.

Le regard du policier se fit pénétrant :

— Vous avez repris son rôle, n'est-ce pas ? Celui de Margaux. C'est une chance pour vous.

Mélissa rougit et secoua la tête avec énergie sans pouvoir prononcer une parole. Il avait dû observer son manège depuis longtemps et se renseigner à son sujet. Elle fut terrifiée à la pensée qu'il la soupçonnait.

— Vous jouez fort bien, du reste, ajouta-t-il.

Son regard inquisiteur la gênait. Par bonheur, l'irruption de Serge Mailleret la délivra. Abandonnant Mélissa, Roubaud s'avança à la rencontre du réalisateur :

— Je constate à votre air préoccupé que je tombe mal, une fois de plus. Vous vous préparez à tourner, peut-être ?

Serge fit un effort ostensible pour être aimable :

— En fin d'après-midi. Avant, j'ai rendez-vous avec le producteur de *Secrets de stars*.

— Dans ma profession, on tombe presque toujours au mauvais moment, constata le policier avec philosophie.

— C'est surtout lui qui choisit mal son moment, répliqua le réalisateur. Discutons un peu, il attendra.

Ils s'assirent côte à côte sur l'un des bancs du couloir.

— J'ai lu très attentivement vos deux scénarios, dit l'inspecteur. Si vous m'autorisez un avis personnel, le premier est nettement supérieur au second. D'une part, l'enquête policière est plus réaliste. D'autre part, l'évolution du récit est plus conforme à la psychologie des personnages.

Serge considéra le policier avec sympathie. L'homme était intelligent et doté d'une sensibilité pour le moins étonnante.

— Cent pour cent d'accord.

— Dans ces conditions, pourquoi modifier l'histoire ?

Le réalisateur lui lança un regard désabusé :

— Pour des raisons financières. Non pas d'économie, car le nouveau projet va coûter plus cher que le premier, mais, disons, de négociation. Si vous vous intéressez au cinéma, vous devez connaître l'influence parfois écrasante du producteur. Le mien s'appelle Ralph Fernandez. Ce cher Ralph est persuadé que le fait de financer un film lui donne tous les droits. Je crois le moment venu de lui démontrer le contraire.

Jacques Roubaud approuva avec chaleur, puis demanda :

— Vous ne voulez pas savoir pourquoi j'insiste sur les différences entre vos deux scénarios ?

— Si, bien sûr.

Il avait répondu machinalement, car son entrevue imminente le préoccupait. Ralph ne se déplaçait jamais sans raison. Sans mauvaise raison.

— Anaïs Villemer a disparu dans des circonstances en tous points semblables à celles que décrit le second scénario. Elle aurait pu être enlevée avec violence, comme dans le premier. Mais non, elle s'est évaporée juste avant de paraître devant les caméras, conformément à votre nouvelle version.

— Je vous arrête tout de suite, ce n'est pas « ma » version, répliqua Serge avec humeur. Et il peut très bien s'agir d'une coïncidence.

Jacques Roubaud se laissa aller en arrière avec nonchalance :

— Moi, j'y vois une mise en scène, peut-être amusante, peut-être dramatique. Je n'exclus aucune hypothèse. Dites-moi que vous ne prenez pas cette affaire au tragique, mais ne me parlez pas de coïncidence !

Ces paroles correspondaient à quelques

nuances près à celles que prononçait le policier imaginaire de *Secrets de stars*. À l'évidence, Jacques Roubaud se divertissait. Lui non plus ne prenait pas l'enquête au sérieux. Passionné de cinéma, il trouvait l'académie à son goût. Le décor, l'atmosphère et la liberté des étudiants le changeaient agréablement de sa routine. Il était là chaque jour, curieux, assidu, placide, sans aucune volonté de hâter ses investigations.

Serge était partagé entre la sympathie que lui inspirait ce curieux policier et l'inquiétude de le voir s'installer pour la durée du tournage. Il le quitta brusquement afin de rejoindre la salle 104, dont Ralph piétinait le parquet depuis dix minutes.

— Enfin, te voilà ! gronda le producteur. J'avais précisé que c'était urgent, encore heureux !

— Je travaillais, dit Serge, laconique.

— Ça, je sais que tu travailles.

L'accent doucereux ne présageait rien de bon. Ralph se remit à arpenter la salle à grands pas. Soudain, il s'arrêta pour faire face au réalisateur :

— Le budget est beaucoup trop lourd en l'état. Je ne suis pas certain d'avoir les droits d'une chaîne nationale, et Canal Plus se défile. Bref, il faut réduire les dépenses de 20 % environ. Je crois que c'est possible. Voici les aménagements que je te propose.

Il déposa sur la table un dossier que Serge

feuilleta d'une main distraite avant de relever la tête.

— Ton avis ? demanda le producteur.

— Tu te fous de moi, Ralph. Voilà ce que je pense de tes magouilles !

— Ne le prends pas comme ça.

Serge abattit son poing sur la table :

— Pour commencer, supprime ta vedette et reviens au premier scénar, tu les auras, tes 20 % !

— Pas question ! Du reste, le tournage est commencé depuis deux semaines. Tu veux tout balancer et repartir de zéro ? C'est ça, ton économie ?

Serge demeura impassible. Seuls ses yeux se teintèrent d'une malice imperceptible :

— Flora n'a pas commencé à tourner. J'ai filmé les répétitions, les spectacles, les ballets, les concerts, un certain nombre de scènes intimistes qui ne concernent que les seconds rôles. Le résultat est superbe. Tu veux visionner les rushes ?

— Je les verrai, dit Ralph, sans savoir s'il devait se réjouir ou s'alarmer. Tu as donc bien avancé ?

— Ce que j'ai en boîte peut convenir au premier scénario et te dispenser de garder une star dont j'apprécie le talent, mais qui coûte les yeux de la tête.

— Ça, c'est mon affaire ! tempêta Ralph.

— C'est aussi la mienne, dans la mesure où tu m'obliges à supprimer des séquences essentielles.

Il montra le dossier :

— Un simple coup d'œil sur ce machin m'a suffi pour constater que tu massacres mon film sans regret.

— De toute manière, tu ne peux pas te passer de Flora, c'est trop tard. Elle est sous contrat, avec un énorme dédit en cas de rupture. Et, encore une fois, elle assure le succès du film. C'est l'étoile montante du cinéma français.

— C'est moi qui fais le film et son succès, fit remarquer Serge d'une voix douce.

Le visage du producteur se durcit :

— Jusqu'à preuve du contraire.

— C'est une menace ?

— Je parlais du succès, s'empressa d'ajouter Ralph. Tu sais très bien que le public est sensible à la promo et à la distribution. J'ai de l'expérience dans ce domaine. Crois-moi, le seul nom de Flora Michèle est un argument commercial.

— Un argument commercial ! Heureusement qu'elle ne t'entend pas.

Ralph Fernandez haussa les épaules en riant :

— Tu t'imagines peut-être qu'elle fait ce film pour la gloire ? Son agent est un vrai vampire. D'ailleurs, cette discussion ne mène à rien. Sans

Flora, plus de film. Tu n'as personne pour la remplacer.

Serge lui adressa un clin d'œil :
— J'ai ma petite idée à ce sujet.
— Tu penses à ta disparue, cette Anaïs ? lança Ralph, dédaigneux.
— Une petite idée qui deviendra grande, se contenta de dire le réalisateur.

Chapitre 11

Soudain, l'atmosphère de l'académie s'assombrit. Des disputes éclataient à tout propos. C'était le film qui mettait le feu aux poudres. D'abord un enlèvement, et maintenant des rivalités tournant à la haine. C'est tout juste si on ne rendait pas Serge responsable de ces désordres, alors qu'il était le premier à déplorer la détérioration du climat amical qui avait donné de si bons résultats au début du tournage.

Seul Jason restait fidèle à lui-même, travailleur acharné, inventif, délirant, exaspérant. En dehors de son rôle d'assistant, il continuait à suivre les cours de théâtre et préparait son spectacle de fin d'année, une comédie intitulée *La Tarentule*, aussi mordante et urticante que l'espèce velue dont elle portait le nom.

Ce jour-là, à la fin du tournage, il gagna le petit auditorium de l'académie pour répéter sa pièce en compagnie de quatre élèves de troisième année : Fanny, Sabrina, Oleg et Scarlet. Arrivés au troisième étage, ils eurent la mauvaise surprise de voir la salle occupée par la troupe de Stéphane Nicolaï, en train de répéter son propre spectacle. Jason frappa dans ses mains pour interrompre la représentation :

— Il y a erreur, mes cocos, le théâtre est à nous !

— Tu m'apporteras ton titre de propriété, ricana Stéphane. En attendant, tu dégages !

— Je crois que tu as mal compris, camarade, répliqua Jason en s'installant sur la scène au milieu des intrus. J'ai réservé cette salle la semaine dernière. Tu m'excuseras, mais je n'ai pas d'autre moment pour répéter.

Stéphane se campa devant lui, les mains sur les hanches :

— Écoutez-le, le premier assistant ! Il est débordé. Son agenda est surbooké. C'est un vrai pro, ma parole !

— Allons ailleurs, proposa Scarlet. J'en ai marre d'entendre ces conneries !

— C'est ça, bon vent ! cria Stéphane.

Jason fit signe à tout le monde de se calmer. Puis il s'adressa au scénariste de sa voix la plus douce :

— Puisque tu insistes, je vais te donner deux bonnes raisons de nous laisser la place dans, disons… (il consulta sa montre) trois minutes. Premièrement, ma *Tarentule* est un pur chef-d'œuvre, spirituel, original, audacieux, profond, puissant, incomparable…

Il attendit que Stéphane, hilare, eût fini de se taper sur les cuisses pour continuer :

— Deuxièmement, ton *Plutonium*, ce machin ridicule que tu appelles pompeusement une tragédie contemporaine, est la pièce la plus affligeante qu'on ait jamais commise de mémoire d'académie, au point que ma tante Edmée, qui se piquait d'écrire et qui n'a composé de toute sa vie que des vers dignes d'une note de charcutier, n'aurait pas voulu de ce *Plutonium* pour caler son dentier !

La verve du faune déchaîna les rires, non seulement chez les membres de sa troupe, mais également parmi les comédiens qui répétaient la fameuse tragédie. Dans le joyeux désordre qui régnait sur la scène, nul ne vit partir le poing de Stéphane. Jason se retrouva à terre, bras en croix.

Tous regardaient avec stupéfaction la brute se frotter les phalanges d'un air mauvais lorsque quelqu'un applaudit au seuil du théâtre. Ils reconnurent Jacques Roubaud.

— Très beau spectacle, dit le policier en continuant à battre des mains. Surtout la chute. Tu as le sens de la repartie, je le reconnais. Nous allons voir si tu réponds aussi bien aux questions que je vais te poser.

— On est en pleine répétition, protesta Stéphane d'un air maussade.

— Ta répétition est terminée !

Le sourire de l'inspecteur s'effaça brusquement pour laisser place à une expression menaçante qu'on ne lui avait jamais vue.

— Terminé ! confirma Stéphane à ses partenaires.

Tandis que Scarlet et Sabrina aidaient Jason, qui se tâtait la mâchoire en écarquillant les yeux sans réaliser ce qui lui était arrivé, les membres de la troupe adverse quittèrent le théâtre.

— Tu es une vraie terreur, dis-moi, constata le policier.

Stéphane, tête baissée, marmonna :

— Il l'avait cherché !

Jacques Roubaud secoua la tête avec indulgence :

— Au fond, tu n'es pas méchant, j'en suis sûr. Mais c'est plus fort que toi, tu es incapable de te retenir. Ta violence explose, comme une arme qui partirait toute seule, en quelque sorte.

De Stéphane, on ne voyait que le front têtu.
— Tu es un ami d'Anaïs ? demanda soudain l'inspecteur.

Le jeune homme, abandonnant son mutisme hostile, leva vivement la tête avec un air de défi :
— Quel rapport ?
— Direct ! Un coup est vite parti. On a pu lui faire du mal, qui sait ?
— Et ce « on », ce serait moi ? cracha Stéphane. J'aime Anaïs. Je l'aime, vous entendez ? Si je connaissais le salaud qui...
— Tu le tuerais ? suggéra l'inspecteur.

Le jeune scénariste secoua la tête d'un air dégoûté et se réfugia une nouvelle fois dans le silence.

Cette discussion avait lieu dans le couloir. Par la porte restée ouverte, le regard du policier s'évadait vers l'estrade. Les comédiens répétaient maintenant *La Tarentule*. Apparemment, le coup de poing n'avait pas tari la verve de Jason. La salle résonnait d'éclats de rire. Un flot continu d'élèves venus des classes voisines envahissait le théâtre. Ils garnissaient les premiers rangs et réagissaient à chaque réplique. Roubaud sourit :
— Il eût été dommage de l'empêcher de parler.
— Jason est le meilleur, grinça Stéphane, comme il aurait dit « le pire ».
— Tu es jaloux de lui ?

Le scénariste éclata d'un rire méprisant :

— Avec la gueule qu'il a ?
— De son talent, de son succès ?
— Vous ne comprenez pas, soupira le jeune homme.
— Pas encore, mais ça commence à venir, répliqua le policier.

Après avoir abandonné Stéphane à sa perplexité, Jacques Roubaud rencontra Flora au deuxième étage.
— Mademoiselle Michèle, dit-il en faisant un effort pour masquer son émoi.
— Tiens, le faux policier !
— Le vrai, corrigea-t-il.
— C'est bien ce que je disais.
Il nota qu'elle avait le même regard malicieux que dans ses films. Il la jugeait vive, fraîche, ambitieuse certainement, mais sans excès, malgré son portrait étalé sur tous les murs et les écrans. « Encore un peu de naturel, mais pour combien de temps ? » se demanda-t-il.
Il avait remarqué les deux personnages qui veillaient sur elle : Myriam, une femme brune d'une quarantaine d'années – secrétaire ? gouvernante ? garde du corps ? –, et David, beau garçon, blond et bronzé, partenaire idéal d'une star à la mode. Élève à l'académie, bon comédien, fils à papa. Un bleu. Simple caprice, sans

doute, pour cette beauté ravageuse. D'où l'inquiétude évidente de l'élu.

— Vous tournez ? demanda-t-il.
— Demain.
— Vous paraissez vous plaire, ici.

Flora fit semblant d'ignorer l'allusion du policier, qui regardait ostensiblement David.

— Beaucoup, avoua-t-elle. L'Art School est un lieu fantastique, vous n'êtes pas de cet avis ?
— Si.
— Un peu plus d'enthousiasme, inspecteur. On vous voit souvent ces temps-ci.
— Je fais mon métier.

Il prit l'air sévère, car le rire de la jeune actrice le troublait, et il sentait qu'il perdait contenance en sa présence.

— Quelle conscience professionnelle ! dit-elle en simulant l'admiration. Avouez que l'académie vous change de votre commissariat et de vos portes de prison ! Moi, j'aurais aimé faire mes études ici. J'aurais été bonne élève.
— Ce n'était pas le cas ?
— Au lycée ? Pas vraiment, soupira-t-elle avec une moue enfantine.

Il sourit malgré lui, et elle apprécia son allure. Vêtements sport de bonne coupe, minceur musclée, nonchalance naturelle.

— Franchement, vous ne ressemblez pas à un flic, constata-t-elle.

Il prit l'air dur qu'il adoptait pour impressionner les truands :

— C'est censé être un compliment ?

— Pas si vous voulez faire du cinéma, dit-elle, moqueuse.

Durant cet échange, David s'était rapproché. « Il est jaloux ! » se dit le policier, vaguement satisfait. Il demanda :

— Votre film s'annonce bien ?

— Ça, pour s'annoncer !..., soupira-t-elle, les yeux au ciel. En deux semaines je n'ai pas eu droit à un centimètre de pellicule.

— Vous restez là, pourtant, fidèle au poste. Je pensais que les célébrités avaient autre chose à faire, castings, interviews, avant-premières...

Il eut encore droit au regard moqueur :

— C'est vous qui êtes fidèle au poste, monsieur le policier.

Au même instant, David s'interposa :

— Il est temps de partir.

En les regardant s'éloigner, l'inspecteur dut convenir qu'ils formaient un joli couple. Sans elle, soudain, l'Art School perdit de son charme. Cette fille était le diable. Il s'était laissé prendre à son jeu et restait là, comme un abruti, avec en tête toutes les questions qu'il n'avait pas eu la présence d'esprit de lui poser.

Chapitre 12

— Onze heures ! Elle se fiche du monde !

Jason tambourinait nerveusement sur la verrière de la bibliothèque, qui dominait le perron de l'Art School.

— Tu as une montre, maintenant ? Je croyais cet outil ennemi de tous tes principes, railla Phil Paloma.

Jason, le front appuyé à la vitre, ignora le rapin.

Quelques instants plus tard, Serge Mailleret entra dans la pièce. Il jeta un regard morne aux deux étudiants qui faisaient le guet et s'effondra sur une chaise.

— Toujours rien !

Après la colère et la révolte, le découragement s'emparait de lui. Il n'était pourtant pas homme à se laisser abattre facilement. Mais la fatalité s'acharnait sur son film. D'abord, les exigences de Ralph avaient dénaturé le scénario ; la venue inopinée de Flora avait changé la perception de l'héroïne ; le remaniement du budget de production avait failli anéantir le projet. Et, comme si cela ne suffisait pas, après Anaïs, Flora disparaissait à son tour. Elle aurait dû être là à huit heures. À onze heures passées, on était toujours sans nouvelles de l'actrice. Les techniciens battaient la semelle dans le Jardin du ciel. Les caméras étaient en place, ainsi que les projecteurs, les toiles, le son. Dix millions de matériel. Chaque heure perdue coûtait une fortune. La star s'en moquait.

Vers onze heures et quart, David rejoignit l'équipe de tournage. Il avait parcouru à six reprises le trajet suivi par Flora, de son domicile à l'académie, et exploré les quartiers voisins. Sans résultat.

— Elle n'a pas téléphoné ?

La voix du comédien était tendue. Serge fit un signe de dénégation :

— Flora est partie comme tous les jours. Myriam n'a pas pu l'accompagner, elle est morte d'inquiétude.

— On a appelé son agent, son père, la fille qui s'occupe de ses relations presse. Personne ne sait où elle est.

Jason assena une grande claque sur la verrière :

— Elle disparaît comme Anaïs, juste avant de se présenter devant les caméras !

— Ferme-la ! ordonna David.

— Je ne dis pas ça pour t'inquiéter, je constate.

— Si j'avais su que Myriam avait un empêchement, je l'aurais accompagnée, dit David d'une voix sourde.

— C'est une grande fille, railla Jason.

— Être célèbre, c'est souvent un enfer. Tu ne peux pas imaginer...

— Je n'y tiens pas !

— Avec quel acharnement on la traque, ce qu'on lui écrit !

— La police va arriver, annonça Serge d'une voix sombre.

Il ne pensait plus au film. Il avait si peu d'importance, à présent ! Ce qui devait être une œuvre originale était devenu une histoire banale. Au fond, il n'était pas mécontent d'avoir un prétexte pour tout larguer. Malgré ses efforts, il n'y avait plus rien à sauver. Sauf Flora.

Lorsqu'il avait appelé Roubaud, l'inspecteur lui avait confié qu'il était au courant de la disparition. Plusieurs équipes étaient déjà à l'œuvre.

Comment l'avait-il su ? Serge avait posé la question ; le policier n'avait pas répondu. Célébrité oblige. Pour Flora Michèle, on mobilisait des dizaines d'hommes, alors que pour Anaïs Villemer on s'était contenté d'une enquête de routine. « S'il s'agissait de la star, ils se bougeraient un peu plus ! » Qui avait dit ça ? Le jeune Stéphane, la veille. Terrible prémonition.

Jacques Roubaud arriva sur place un quart d'heure plus tard, accompagné d'un homme maigre aux cheveux gris et au visage sévère, le commissaire Favier.

— On a retrouvé sa voiture, annonça l'inspecteur.

— Vide ?

— Oui. Aucune trace de violence, l'auto sagement garée au bord du trottoir, portières verrouillées, comme si la conductrice était allée faire des courses. Mais personne ne l'a aperçue dans le coin. Et de votre côté, toujours rien ?

— Rien, dit le réalisateur d'un ton las.

— Elle a disparu depuis cinq heures, exactement, calcula le commissaire. Elle peut être déjà fort loin.

— Pourquoi loin ? demanda David.

Le commissaire posa sur le jeune comédien un regard inquisiteur. Et, tout en s'adressant à Serge, il ne cessa pas de le fixer, comme pour noter ses réactions.

— Tout porte à croire qu'elle avait l'intention de se rendre sur le tournage. Elle suit son parcours habituel. Elle est en avance, elle s'arrête en chemin, se gare…

— Un rendez-vous, dit Roubaud.

— Avec un familier, elle le connaît… Au fait, vous avez sillonné le quartier. Vous n'avez pas remarqué son auto ?

La question s'adressait à David.

— Non, répondit le comédien.

— Elle était pourtant bien visible, rue de Lille.

— J'étais stressé, j'ai dû passer devant elle sans la voir.

— Stressé, c'est compréhensible, concéda Favier. Au fait, Anaïs Villemer a écrit à ses parents. Un mot rassurant. Pas de stress en ce qui la concerne.

— Que dit-elle ? s'exclama Serge.

— Les banalités habituelles, dit Jacques Roubaud. Elle avait besoin de solitude, elle va bien, qu'on ne s'inquiète pas, elle reviendra bientôt, etc.

— Vous la croyez ?

— Je n'ai nulle raison de mettre ses paroles en doute. La lettre a été écrite récemment et postée à Melun. Il s'agit bien de son écriture et de ses fautes d'orthographe. Aucune demande de rançon.

— Elle parle du film ?

— Pas un mot.

— Le contraire m'aurait étonné, murmura le réalisateur avec amertume.

— Et, en même temps, il n'est question que de ce fameux film, dit le commissaire.

Serge le dévisagea, perplexe :

— Comment ça, le film ?

— Ces enlèvements correspondent à votre scénario, point par point.

— Un sinistre plagiat, si c'est le cas, grogna le réalisateur.

Jacques Roubaud hocha la tête :

— Quelqu'un s'amuse.

Favier, lui, n'avait guère envie de plaisanter. On le devinait à ses lèvres minces, pareilles à une entaille sur un visage de pierre.

— Dans quel but, cette mise en scène, d'après vous ?

Négligeant la question, Favier regarda au loin et dit comme s'il pensait à haute voix :

— Le jeu n'est pas forcément inoffensif. Les circonstances de cette affaire suggèrent un calcul, une vengeance. À votre avis, qui peut avoir des raisons d'être mécontent de ce tournage ?

— Moi, répondit le réalisateur avec une ironie amère. On a saboté mon scénario, dénaturé mes idées. Mais je n'avais aucun motif d'en vouloir à ces jeunes comédiennes, au contraire. Ce sont des filles charmantes et douées d'un réel talent. Si vous aviez trouvé Ralph Fernandez crucifié sur le toit de sa Ferrari, là, je ne dis pas...

Seul Roubaud s'autorisa un sourire :

— Vous êtes sans doute la seule personne qu'on ne soupçonne pas.

— Quelle chance ! C'est la première bonne nouvelle depuis le début de ce maudit tournage !

— Et ce Fernandez, le producteur, n'aurait-il pas eu intérêt à voir le film interrompu ?

Serge réfléchit quelques instants avant de répondre :

— Il est vrai qu'il m'a mis des bâtons dans les roues. Mais, en l'état actuel, la production perd beaucoup d'argent. Comme tous les tournages, celui-ci est assuré. Toutefois, la garantie ne couvre pas tous les frais, il s'en faut de beaucoup. Si on en restait là, Bleu océan, la société de Ralph, y laisserait des plumes, et M. Fernandez déteste ça, croyez-moi. Quant à moi, si jamais les médias venaient à s'emparer de l'affaire, je serais mis en pièces, ajouta-t-il d'un air sombre.

— Pour l'instant, c'est le black-out, dit Roubaud. Mais ce n'est qu'un répit. Nous aurons peut-être intérêt à dévoiler les disparitions pour dissiper les fausses rumeurs et faire avancer l'enquête. Un personnage comme Flora Michèle ne passe pas inaperçu.

— Reste un mobile : la jalousie, fit observer le commissaire. Dans une école comme celle-ci, j'imagine que les rivalités et les vengeances sont monnaie courante.

Serge haussa les épaules :

— Pas plus qu'ailleurs.

— Les artistes éprouvent des passions plus violentes, non ?

Le mot « passion » sur ces lèvres de marbre était si incongru que le réalisateur réprima un sourire.

— Parfois, se contenta-t-il de répondre.

— À en juger par leurs photographies, les deux disparues étaient fort belles, dit Favier, poursuivant son idée. Un jeune homme en proie à une frustration ou bien une rivale injustement écartée aurait pu échafauder ce plan machiavélique. Nous devons examiner avec attention les points communs entre ces deux comédiennes.

— Il y en a un évident, dit Serge. Elles devaient l'une et l'autre interpréter le rôle de Maria.

Le commissaire lança un bref coup d'œil à son subordonné :

— J'ai lu ça, en effet. Mais je faisais plutôt allusion à leurs problèmes intimes, leur vie sentimentale. Il faut questionner leurs familiers. À mon avis, la solution se trouve ici, à l'académie, et la mise en scène des disparitions est l'œuvre d'un artiste.

— Un artiste de bien mauvais goût ! lança Jason, jusqu'à présent silencieux.

Chapitre 13

Les interrogatoires des deux policiers avaient beau être discrets, ils finissaient par mettre l'académie en ébullition. Des rumeurs de kidnapping se répandaient au-dehors. On parlait d'une énorme rançon. Un journaliste força la porte de l'école. Martha le désarma en lui racontant que l'Art School était la maison du rêve et de l'illusion, et qu'en répercutant ces histoires fantaisistes, un homme sérieux comme lui risquait de perdre sa crédibilité. Elle lui dit aussi qu'elle aurait bientôt un scoop, dont elle lui réserverait l'exclusivité. Le journaliste s'en alla satisfait et provisoirement muet.

Cependant, le tournage était interrompu, et tout laissait croire qu'il ne reprendrait jamais. Pour Serge et pour l'école, c'était un échec. Pour les étudiants, comédiens, scénaristes et techniciens, une douloureuse déception.

— Vous chialez tous, mais sur quoi, au juste ? s'écria Jason, excédé. Regardez les choses en face : ce film était une sombre merde. Il ne restait presque plus rien du projet initial. Serge a beau avoir du génie, il ne fait pas de miracles.

— D'accord avec toi, dit Stéphane.

Jason examina son adversaire avec circonspection. Il conservait de lui une cicatrice à la pommette gauche.

— D'accord sur quoi ? Le génie ? Les miracles ?

— La supériorité du premier script.

— Parce que tu t'en crois l'auteur ? railla Jason.

— Il y avait du rythme, du suspense, de la fantaisie. L'histoire était d'une logique implacable. Les dialogues s'enchaînaient bien. Tout cela a disparu. On a beau essayer de me prouver que Mercœur est un crac, son boulot est mou et gélatineux.

— On dirait que je ne suis pas le seul à m'envoyer des fleurs !

Stéphane fronça les sourcils comme s'il avait du mal à comprendre le sens de la phrase prononcée par le faune, puis il dit avec conviction :

— C'est Serge qui a tout fait. N'empêche qu'il a utilisé certaines de mes idées. Je suis moins nul que tu ne le penses.

Jason prit l'air scandalisé :

— Je n'ai jamais prétendu ça ! Tu as beaucoup de qualités, au contraire. Tiens, par exemple, le sens de l'humour : tu ne risques pas de te fâcher pour une plaisanterie innocente. Et puis la loyauté et la générosité : ce n'est pas toi qui paraîtrais en scène sans y être invité, tu céderais plutôt ta place. Et j'allais oublier l'essentiel : tu boxes bien !

Stéphane gronda entre ses dents :

— Sale con !

Mais, en dépit de sa volonté, il ne put garder son sérieux. Les deux étudiants se tordaient de rire lorsque Jacques Roubaud les surprit.

— C'est la réconciliation, vous deux, observa le policier. Je suis heureux de vous trouver ensemble. J'ai des questions à vous poser.

Il les emmena dans la cellule de verre aménagée entre deux salles de danse.

— Joli spectacle, n'est-ce pas ? le taquina Jason. On pourrait vous installer un bureau, c'est vachement discret comme endroit.

L'inspecteur ignora la plaisanterie.

— Je ne te sens pas très inquiet, dit-il. Pourtant, la disparition de ces comédiennes est un drame. On dirait que ça te réjouit.

— Pourquoi s'affoler? lança Jason d'un ton léger. Cette histoire, c'est la meilleure idée de promotion qu'on ait jamais imaginée. Non, mais vous voyez d'ici la pub? Les héroïnes de *Secrets de stars* disparaissent. Le mystère dans le mystère, le film du film, terreur sur l'académie. Ça vaut de l'or!

— En résumé, tu crois cette histoire bidon?

— Au contraire, c'est tout ce qu'il y a de sérieux, le lancement d'un film!

— Ne l'écoutez pas, intervint Stéphane. Il est taré, ce mec. Il raconte n'importe quoi!

L'inspecteur inclina la tête pour regarder le scénariste au fond des yeux:

— Tu es inquiet, toi?

— De plus en plus. Il s'est écoulé deux semaines, et vous n'avez toujours aucune piste.

— Et la lettre de ta copine? Les lettres, il y en a deux.

— On a pu la forcer à écrire.

— C'est une hypothèse.

— Flora, elle, n'a pas laissé de mot.

— Tu la connaissais bien? questionna Roubaud à brûle-pourpoint.

Stéphane marqua un temps d'hésitation:

— Flora Michèle? Vaguement, comme tout le monde ici.

— Tu as eu l'occasion de discuter avec elle?

— Non.

« Pourquoi ment-il? » s'étonna Jason. Deux

jours auparavant, il avait surpris Stéphane en grande conversation avec l'actrice. Il était question d'Anaïs et des projets de Flora.

— Et David Harris, que pensez-vous de lui ? demanda l'inspecteur.

— C'est le fils de Bénédict Kazan, le propriétaire de la boîte, dit Stéphane.

Jacques Roubaud acquiesça.

— Il doit avoir du succès auprès des filles ? poursuivit-il.

— Pas autant que moi, gloussa Jason. Mais il se défend.

— On raconte qu'il sortait avec Anaïs Villemer.

— C'est faux ! s'insurgea Stéphane. Avec elle, il a essayé et s'est fait envoyer sur les roses.

— Il a eu plus de succès avec Flora, à ce qu'on prétend.

— Joli couple, confirma Jason.

L'inspecteur quitta sa chaise, fit quelques pas, regarda distraitement les danseurs et constata :

— C'est curieux, il n'y a qu'un mur de verre, et pourtant on n'entend presque pas la musique.

— L'Art School est un miracle technique, dit Jason.

Roubaud hocha la tête, visiblement impressionné. Il s'assit au bord de la table. Sans en avoir l'air, il s'était rapproché de Stéphane, et son visage était tout près du sien lorsqu'il demanda :

— Sans l'arrivée de Flora Michèle, Anaïs aurait interprété le rôle de Maria. C'est elle que David aurait serrée dans ses bras, exact?

— Entre comédiens, on fait ça à longueur de journée, dit Stéphane d'un ton détaché.

« Il bluffe ! » songea Jason. Stéphane était fou de jalousie, nul ne l'ignorait.

— Imaginons le scénario suivant, dit l'inspecteur. Un élève tente de séduire Anaïs, puis Flora. Les deux fois, on le repousse. Humilié, il décide de se venger.

« Où veut-il en venir avec son histoire à dormir debout ? pensa Jason. Il est beaucoup trop intelligent pour croire à ces balivernes ! »

— En étranglant les deux farouches ? ricana-t-il. Vous allez trop souvent au cinéma, inspecteur.

— Pas autant que je le voudrais, avoua le policier.

Il s'adossa à la cloison vitrée. Derrière son dos, tout en dansant, Élisa adressa une grimace à Jason. Stéphane contemplait le plancher d'un air morose.

— Si Anaïs et Flora ont été enlevées, c'est certainement par vengeance, dit Roubaud, comme s'il se parlait à lui-même. Le mobile est l'amour, pas l'argent.

— Autrement dit, vous flottez, conclut Jason.

Le visage du policier refléta soudain la colère, mais celle-ci n'était pas dirigée contre ses deux jeunes interlocuteurs.

— Je touche au but, gronda-t-il. Deux ou trois détails à vérifier.

« Mon erreur a été de m'attacher au scénario, poursuivit-il pour lui-même. Le coupable se croit malin. En réalité, il a commis des erreurs, ou bien laissé volontairement des indices. Dans les deux cas, il va payer son imprudence. »

Il se força à sourire :

— Mais je vous ai retenus beaucoup trop longtemps. Je suppose que vous devez avoir du travail, des cours, peut-être.

Stéphane se leva sans un mot, visage fermé et poings serrés. Jason s'inclina avec courtoisie :

— Merci pour cette leçon de suspense. Hitchcock n'aurait pas fait mieux.

Chapitre 14

Scarlet et Oleg devaient danser la salsa. Devant leurs efforts infructueux, Jason se prit la tête entre les mains :

— Pitié, arrêtez le massacre !

— Que veux-tu que je fasse avec cet ours ? protesta Scarlet d'un ton boudeur.

Puissamment bâti, Oleg dépassait sa partenaire de vingt centimètres et pesait bien trente kilos de plus qu'elle. Il roula des yeux furibonds :

— Tu m'as demandé de danser avec mollesse, il faudrait savoir ce que tu veux !

— Souplesse, j'ai dit souplesse. Tu sais ce que ça veut dire ?

— Mollesse, souplesse, c'est du kif! Le résultat est marrant, c'est l'essentiel, non?

Jason ferma les yeux, découragé. Guillaume Richelme, qui supervisait la répétition, prit le relais :

— Ça n'amuse que toi, Oleg. Je te le répète, il ne s'agit pas d'une farce. Scarlet doit te dominer. Or, tu la manipules comme une poupée.

— Merci pour la comparaison! bougonna Scarlet au milieu des rires de l'assistance.

— Une marionnette, si tu préfères.

— De mieux en mieux!

— Bref, tu n'es pas dans le ton, décréta Guillaume. Je te le répète, tu joues les matamores. Tu as l'impression de commander, de soumettre ta compagne à ta volonté. En réalité, c'est elle qui te domine sans en avoir l'air. Le public doit ressentir la supercherie.

— C'est ce que je fais, s'entêta Oleg.

— Non, tu fais exactement l'inverse, tu contraries le jeu de Scarlet, et tu lui écrases les pieds par la même occasion. On dirait que tu n'as jamais dansé de ta vie.

Oleg fit rouler les muscles de ses larges épaules, comme chaque fois qu'il était mécontent :

— Deux ans! J'ai travaillé deux ans avec Joss!

Scarlet éclata de rire :

— Mon vieux, tu n'as pas dû danser souvent la

salsa avec elle, sinon, il faut croire que la Roumaine a sacrément perdu la main !

Ceux qui participaient au spectacle se mirent à rire en chœur, sauf Oleg, vexé par la remarque de sa cavalière, et Jason, captivé par le manège de Jacques Roubaud. Depuis près d'une demi-heure, l'inspecteur était planté à l'entrée de la classe d'art dramatique, où la plupart des élèves de troisième année étaient réunis. Jason avait la conviction que le policier observait Stéphane. Depuis quelques jours, le comportement de ce dernier était inhabituel. La brute semblait anxieuse et désarmée.

« Tu ne trouves pas qu'il a perdu l'agressivité qui fait tout son charme ? avait demandé Jason à Scarlet. La jeune comédienne s'était esclaffée. Puis, devant l'expression pensive de Jason, elle avait demandé :

— Tu le crois coupable ?

— Non, mais il en a l'air.

— C'est toujours le grand amour, vous deux ! »

L'inspecteur était maintenant flanqué de deux policiers en uniforme. Soudain, Jason n'eut plus envie de plaisanter. S'il le faisait si souvent, du reste, c'était pour se protéger ou lutter contre les injustices, car il n'était pas d'une nature insouciante. La détresse des autres le touchait profondément. À la vue des policiers, il pensa qu'il était arrivé malheur aux disparues, et son cœur se serra.

— Jeudi, dix-sept heures, ça te convient ?

Jason mit un certain temps à réaliser que Guillaume s'adressait à lui. Il était question de la prochaine répétition de *La Tarentule*. Il acquiesça machinalement, sans cesser de surveiller Roubaud et ses hommes. Il avait maintenant la certitude qu'ils étaient là pour Stéphane. « Quelle folie a-t-il commise ? » se demanda-t-il. Il n'eut pas longtemps à s'interroger, car, dès la fin du cours, les policiers entrèrent dans la salle. Cependant, au lieu de se diriger vers Stéphane, ils allèrent encadrer David.

Le jeune Américain les attendit, impassible. Il n'avait pas l'air surpris. Roubaud lui dit quelques mots. Il inclina la tête et suivit les hommes en uniforme sans résister, sous les regards ébahis de l'assistance. Jason vit Mélissa, pâle et frissonnante, secouer la tête comme pour dire : « Pas lui, c'est impossible ! »

« Elle a raison, c'est une erreur grossière », songea Jason. Il n'arrivait pas à croire qu'un policier aussi intelligent pût se tromper à ce point.

Guillaume Richelme s'avança — pour protester ou exiger des explications ? L'inspecteur exhiba un mandat. Puis, sans violence, il poussa David vers la sortie. Les policiers écartaient les curieux. Jason bouscula tout le monde, se dressa devant la porte et applaudit :

— Bravo, belle sortie, vraiment ! Bravo !

Jacques Roubaud prit son air le plus féroce pour lancer :

— Ce n'est pas l'heure des plaisanteries !

— C'est celle des conneries ! cria Jason tandis qu'ils s'éloignaient.

Au moment de disparaître dans l'escalier, encadré par ses gardiens, David tourna la tête et lui sourit. « T'inquiète pas ! rumina Jason. Je sais que tu es innocent, et je découvrirai qui est coupable ! » Aussitôt, il chercha des yeux Stéphane. Seul de toute l'assemblée, le scénariste n'avait pas bougé. Alors que les autres discutaient fiévreusement, par petits groupes de huit ou dix, il restait à l'écart, avec sur le visage une expression de soulagement indécente. « Il espère qu'un autre paiera à sa place », pensa Jason avec répulsion. Il était évident que le scénariste avait quelque chose à se reprocher.

Pour en avoir le cœur net, Jason fit semblant de s'intéresser aux conversations, tout en continuant à surveiller le suspect. Au bout de quelques minutes, convaincu qu'il n'était pas observé, celui-ci se leva, ramassa ses affaires et marcha vers la sortie. Jason attendit quelques instants avant de lui emboîter le pas. Au bout du couloir, un dégagement étroit menait au vestiaire des filles. Stéphane restait là, attentif à ne pas se faire remarquer. Posté au seuil du théâtre, Jason l'observait sans être vu. L'endroit était désert.

Rassuré, Stéphane ouvrit prestement la porte et se glissa à l'intérieur. « Qu'est-ce qu'il fabrique chez les filles ? » se demanda Jason, intrigué.

Il s'approcha en silence. Stéphane avait tiré la porte du vestiaire sans la fermer. Jason l'entrebâilla avec précaution. À l'intérieur brillait une faible lumière. Stéphane allait d'un casier à l'autre en lisant les noms. « Il cherche l'armoire d'Anaïs », pensa-t-il. Son imagination lui laissait entrevoir des visions macabres. Il frissonna. Au même instant, une main lui saisit l'épaule. Il faillit pousser un cri. Une voix chuchota :

— Alors, on mate les filles ?

Tournant la tête, il se trouva nez à nez avec Scarlet, qui pouffait.

— Tu m'as fait peur, murmura-t-il.

Un doigt sur les lèvres, il poussa la jeune fille au seuil du vestiaire. Stéphane avait sorti une clé de sa poche. Il ouvrit un casier métallique et se mit à le fouiller.

— Qu'est-ce qu'il mijote ? chuchota Scarlet.

— C'est ce que je veux savoir. Tu crois que c'est le casier d'Anaïs ?

— Non, il est dans l'autre rangée.

— Tu es sûre ?

Elle haussa les épaules, comme si tout cela n'avait pas d'importance, prit la main de Jason et l'attira à l'écart :

— Tu veux dîner avec moi, dis ?

– Ce soir ?

Elle acquiesça :

– Mes parents sont en vacances. J'ai la villa pour moi toute seule.

Il regarda son beau visage, ses yeux suppliants. Aucun doute, elle ne se moquait pas de lui. La ravissante Scarlet voulait sortir avec lui. C'était la chance de sa vie, et il fallait qu'elle se décide justement ce soir-là ! Il maudit Stéphane, Roubaud, Anaïs et la fatalité. Mais il lui fallait aller à tout prix jusqu'au bout de ce qu'il venait d'entreprendre. Il devait ça à David.

– Désolé ! Un autre jour, murmura-t-il tandis que Stéphane sortait du vestiaire, un paquet de lettres à la main.

Jason plaqua Scarlet derrière un pilier du couloir. Il sentait contre lui le corps de la jeune fille, il respirait son parfum.

Après avoir vérifié si nul ne pouvait le surprendre, Stéphane marcha à grands pas vers l'escalier. S'arrachant héroïquement à la douceur de Scarlet, Jason se lança à sa poursuite.

Chapitre 15

La pluie, mêlée de brouillard, voilait la lueur des lampadaires. Autour de l'académie, le quartier était endormi. Jason avançait sans bruit, le capuchon noir de son sweat rabattu sur le visage. Stéphane marchait une cinquantaine de mètres devant lui. Jason ne le voyait pas, mais il percevait le glissement de ses rangers sur la chaussée mouillée.

Stéphane habitait chez ses parents, dans une sorte de loft situé au dernier étage d'un immeuble, derrière le petit cimetière de la Villette. Jason y avait accompagné le scénariste au temps de leur brève amitié, et il avait gardé l'itinéraire en tête.

Ils étaient presque arrivés lorsque Stéphane obliqua soudain vers les Buttes-Chaumont, longea le parc et s'engouffra dans une station de métro. Jason se mit à courir. L'autre suivait les couloirs, direction Porte des Lilas. Jason resta à distance, adossé au mur, au bout du quai. Sage précaution, car il vit que Stéphane soumettait chaque voyageur à un examen attentif.

Quand la rame survint, Stéphane monta dans la première voiture. Jason s'installa dans la deuxième. Deux stations plus loin, Stéphane descendit et changea de quai. Il répéta cette manœuvre à trois reprises. Apparemment, il faisait preuve de prudence pour éviter d'être suivi. « Tu cherches à brouiller les pistes, mais je ne te lâcherai pas ! » pensa Jason. Au début, la poursuite interminable l'avait agacé. Il songeait à Scarlet avec regret et se demandait jusqu'où l'autre allait l'entraîner. Mais au bout d'une demi-heure il se piqua au jeu. La filature l'excita au point qu'il prit des risques. À Madeleine, il faillit se faire repérer. Arrivé au bout du quai, Stéphane fit brusquement demi-tour. Il allait fatalement croiser Jason et le reconnaître lorsqu'un homme le heurta. Stéphane détourna le regard. Jason profita de la diversion pour se jeter dans un couloir annexe.

À la suite de l'incident, il perdit sa trace et faillit renoncer à sa poursuite quand il l'aperçut, au niveau inférieur, quai d'Austerlitz. Il dévala l'escalier mécanique, sans égards pour ceux qu'il bousculait. Le métro s'immobilisa. Ses wagons, reliés les uns aux autres, formaient un seul ensemble. Stéphane s'assit à l'avant, tourné vers l'intérieur de la rame. Jason se dissimula derrière un journal qui traînait sur un siège.

Stéphane laissa passer sept stations avant de descendre au terminus, la Bibliothèque nationale. Il monta à l'air libre. Jason lui emboîta le pas. L'un derrière l'autre, ils franchirent le pont de Tolbiac, tournèrent à gauche dans l'avenue de France, qui longeait la voie ferrée. Les immenses perspectives de ce quartier neuf ne favorisaient pas la filature rapprochée. Jason dut concéder deux cents mètres d'avance au suspect.

Stéphane paraissait infatigable. Il marchait toujours vers l'est à longues enjambées et se retournait fréquemment pour savoir s'il était filé. Au bout de quelques kilomètres, rassuré par la tranquillité de l'avenue, il s'abstint. Pour ne pas le perdre de vue, Jason devait alterner les repos et les sprints. Parfois, il se demandait avec une pointe d'angoisse si l'autre ne cherchait pas à l'attirer dans un piège. Les passants étaient de plus en plus rares.

Ils atteignirent une zone de chantiers.

Stéphane changea de direction. Une route mal goudronnée s'enfonçait en direction du sud. Des terres cultivées succédèrent aux terrains vagues. Les lampadaires s'espaçaient. La pluie aveuglait Jason. Son sweat ressemblait à une éponge saturée d'eau. « Je vais me perdre », songea-t-il. Une menace rôdait autour de lui, il la sentait. L'envie de rebrousser chemin le taraudait. Mais la curiosité fut la plus forte, et il continua.

Les champs boueux laissèrent la place à des rangées de pavillons. Les rues n'étaient plus éclairées. Durant un long moment, il avança dans l'obscurité. Puis le faisceau d'une lampe dansa loin devant. Il força l'allure. Au même instant, il entendit une voiture et vit la lueur des phares. Pour éviter d'être repéré, il se jeta dans un fossé, jurant parce qu'il était plein d'eau. Il en sortit dégoulinant. L'auto s'éloignait. Stéphane avait disparu.

« Tout ça pour une histoire de dingue, sans doute », maugréa-t-il. Le comportement de Stéphane était insolite, certes, mais rien ne prouvait qu'il fût mêlé aux enlèvements. L'imagination débordante de Jason lui jouait souvent des tours.

Il se déchaussa pour vider ses baskets. Son jean n'était plus qu'un tas de boue. « Si Scarlet me voyait, elle jubilerait, songea-t-il. En ce moment, elle doit être bien au chaud, devant une pizza et un coca, tandis que moi, pauvre taré, je suis paumé, glacé et affamé. »

Recommençant à marcher, il remarqua, sur sa gauche, une voie éclairée. Il perçut le grincement d'une grille. La pluie avait cessé. L'accalmie lui parut de bon augure. Dans ce coin, les maisons étaient plus belles ; les jardins plus vastes et entourés de haies bien taillées et de barrières de bois blanches. L'une des villas se distinguait des autres par sa grille de fer. Alors que ses voisines étaient obscures, endormies ou inhabitées, celle-ci avait son porche éclairé.

Une silhouette furtive se découpa dans cette clarté. Jason crut reconnaître Stéphane. Déjà, la silhouette s'était évanouie. Le jardin semblait désert. « Il se cache ! » pensa Jason.

Il entrouvrit la grille. Avant d'entrer, il attendit, le temps de vérifier si le grincement du métal n'avait alerté personne. Tout était silencieux. Il se glissa dans le jardin. Une allée de ciment rose menait à la maison. Il l'évita et s'avança sur la pelouse en progressant d'arbre en arbre.

À droite du porche, une lumière filtrait à travers les persiennes. Une jardinière aménagée contre le mur permettait de se hisser à son niveau. « Et si je me goure ? pensa-t-il. Si je débarque en pleine nuit chez des inconnus ? J'aurai l'air fin ! »

Pour en avoir le cœur net, il escaladait le muret de la jardinière quand une main brutale le saisit, le renversa et le plaqua au sol. Une lampe de poche l'aveugla.

— Qu'est-ce que tu fabriques ? Tu m'espionnes ? gronda Stéphane.

— Je pourrais te poser la même question, dit Jason en détachant de son cou la main qui l'étranglait.

— Je cherche Anaïs… Ferme-la !

Ils perçurent une voix féminine provenant de la maison et se regardèrent, stupéfaits : les paroles qu'ils entendaient étaient les répliques de *Secrets de stars*.

— Anaïs ! Bingo ! jubila Stéphane.

Ils se précipitèrent sur la jardinière. À travers les lames de bois, on n'apercevait que la partie inférieure de la pièce. De fort jolies jambes passaient et repassaient tandis que la voix continuait à réciter son texte.

— C'est elle ! dit Stéphane.

Il descendit de la jardinière.

— Attends, chuchota Jason. Si ça se trouve, elle n'est peut-être pas seule. Sa déclamation est peut-être une manière de nous prévenir.

— Toujours tes délires ! railla Stéphane.

Il gagna le porche et frappa à la porte d'entrée. À l'intérieur, la voix se tut. Il y eut un silence, puis Anaïs demanda d'une voix étouffée :

— Qui est là ?

— C'est Steph ! Ouvre !

La jeune fille déverrouilla la porte, révélant son visage blême et ses grands yeux cernés.

— Flora n'est pas avec toi ? questionna Jason.

— Quelle Flora ? balbutia Anaïs.

Puis elle comprit et s'étonna :

— Elle a disparu, elle aussi ?

— Ne fais pas attention. Bien sûr qu'elle n'est pas là, dit Stéphane.

— Elle fait son cinoche, comme toi ! ricana Jason.

À ces mots, Anaïs recula et fondit en larmes.

— Tu es satisfait ? gronda Stéphane.

Il poussa brutalement Jason contre le mur. Puis il se tourna vers Anaïs et s'enquit d'une voix radoucie :

— Tu es seule ?

— Depuis deux semaines ! sanglota-t-elle.

Chapitre 16

— Qu'est-ce qui t'a pris de disparaître comme ça ? demanda Stéphane.

Anaïs s'effondra sur un canapé, la tête enfouie dans ses mains.

— J'étais mort d'inquiétude, dit-il d'une voix sourde.

— Je suis nulle, tu comprends ? Nulle ! Archinulle ! cria la jeune fille, défigurée par les larmes.

— Qu'est-ce que tu racontes ? murmura Jason en s'asseyant à côté d'elle. Tu es une des plus jolies filles de l'Art School. Tu danses à ravir...

— Arrête, s'il te plaît ! supplia Anaïs. Depuis

que je suis toute petite, je rate tout ce que j'entreprends. Je ne serai jamais danseuse. Jamais, je le sais bien ! Et ce rôle qu'on m'a proposé, un rôle en or… j'ai eu peur, je me suis enfuie. Qu'est-ce que tu voulais que je fasse, après ça ?

— Je ne sais pas, moi ! Que tu viennes me parler, m'expliquer, grommela Stéphane.

Elle se força à sourire :

— T'expliquer quoi ? Je ne comprends pas moi-même. Et puis, nous deux, ce n'est vraiment pas une réussite. On n'est pas très doués pour les confidences, mon pauvre Steph, reconnais-le. Ma place est dans ce trou. Tu me vois revenir à l'académie ? « Bonjour, j'ai eu la trouille, mais me revoilà ! » Ça, devant Serge, devant David, devant Gisèle !

Elle se cacha le visage, et continua d'une voix étouffée :

— On va me virer de l'école. Et puis après ? Ils auraient dû le faire depuis longtemps.

Stéphane se frappa rageusement le front de la paume de la main :

— Tu dis n'importe quoi !

— D'abord, comment vous m'avez retrouvée ? demanda Anaïs. Je voulais disparaître…

— Tu m'avais parlé de cette villa, l'interrompit Stéphane. Tu disais qu'elle appartenait à ton oncle qui réside en Espagne. Après t'avoir cherchée partout, j'étais persuadé de te trouver ici.

J'ai découvert l'adresse dans ton casier.

Il brandit une lettre.

— Il faut me laisser seule ! soupira-t-elle.

Jason, qui examinait les lieux depuis quelques instants, demanda :

— C'est ici que tu as vécu tout ce temps ?

— Dans cette baraque, oui. Sans téléphone, sans télé, sans personne à qui parler. Et avec cette pluie qui n'en finit pas de tomber !

— On peut dire que tu as le moral ! gloussa Jason. Tu aurais pu au moins allumer le chauffage. On se les gèle !

— Je ne sais pas le faire marcher ! dit-elle avec désespoir.

Les deux garçons ne purent s'empêcher d'éclater de rire.

— Ce n'est pas drôle ! s'exclama-t-elle, ulcérée.

Mais elle ne put s'empêcher de rire à son tour, tant la situation lui paraissait ridicule.

— Tu seras bien obligée de revenir un jour, dit Jason. Alors, le plus tôt sera le mieux.

— Pas tout de suite, non, souffla-t-elle avec effroi.

— Tu comptes habiter ici encore longtemps ? Sans blague ! Tu finiras dingue, ou gelée... À propos, tu n'aurais pas des fringues sèches ?

Elle remarqua alors seulement leurs tenues dégoulinantes.

— Vous êtes dans un bel état !

Elle les conduisit dans la chambre de ses cousins. Là, ils échangèrent leurs vêtements mouillés contre des survêtements et des chaussures de tennis. Pendant ce temps, Anaïs se débarbouilla et se recoiffa dans la salle de bain voisine.

— Bien, approuva Stéphane. Maintenant, tu vas rentrer chez tes parents.

Anaïs secoua la tête :

— Je ne peux pas… pas tout de suite…

— Alors, David restera en prison, conclut Jason, résigné.

Elle le regarda avec incrédulité :

— David Harris ?

— Tu connais un autre David ? demanda Stéphane. On le soupçonne d'être l'auteur des deux enlèvements.

— Le tien, surtout, dit Jason, car, avec Flora, c'était le grand amour.

— David et Flora…, murmura Anaïs.

Elle tentait de rassembler ses esprits. Elle avait voulu oublier son échec et se réfugier dans la solitude. Or, loin de trouver l'apaisement, elle avait créé des situations qu'elle ne maîtrisait plus. Elle se tordit les mains en gémissant :

— Je ne sais plus que faire !

— Moi, je sais, dit Jason d'un ton péremptoire. Tu rentres chez toi, et dès demain tu te pointes à l'académie.

— Et je dis quoi ? Que j'ai paniqué ? Ils vont me traiter de folle !

Jason claqua des doigts :

— Pas question de raconter ça. On va inventer une histoire… une histoire d'amour. Tu as rencontré un garçon, et tu es partie avec lui. Le coup de foudre !

— C'est une idée stupide, grinça Stéphane.

Anaïs l'ignora et s'adressa à Jason :

— Ça peut marcher, tu crois ?

— Et comment ! Où peux-tu avoir trouvé refuge pour roucouler en paix ?

Anaïs refléchit quelques instants, puis son visage s'illumina :

— Chez Viviane, ma marraine. Elle est au courant de ma fugue. Je lui ai téléphoné la semaine passée du bureau de tabac. C'est elle qui a posté mes lettres. Elle est fâchée avec mes parents, pour une histoire d'héritage. Moi, elle m'adore. Elle confirmera tout ce que je dirai.

— Et elle habite où, cette bonne fée ?

— À Melun.

— Pour un voyages de noces, j'aurais préféré Venise ou Capri. Mais va pour Melun ! Ton amoureux maintenant…

— Pourquoi pas moi ? dit Stéphane.

— Tu n'avais pas besoin de l'enlever, ballot. Tu l'avais sous la main. Non, un vrai séducteur… que dirais-tu de mon cousin Jean ? Tu l'as

rencontré à la fête de l'Art School, en juin dernier.
— Le brun ?
— Type espagnol, oui, Jean Salinas.
— Je m'en souviens.
— OK, je me charge de lui. Mais il te faudra le rencontrer et être câline.
— Sans problème.

On la sentait soudain délivrée et impatiente de quitter cette maison sinistre.
— Personne ne croira à cette histoire bidon, dit Stéphane d'un air renfrogné.

Jason le regarda avec un sourire narquois :
— On parie ?

Il n'était pas fâché de se venger d'un certain coup de poing tout en aidant Anaïs.
— Bon, tout est réglé. Demain, tu arrives à l'académie, souriante, genre fille amoureuse. Tu vas en baver, c'est sûr, mais tu t'en sortiras. On est toujours indulgent en cas de crime passionnel.

Stéphane fulmina brusquement :
— Dites, j'ai quand même mon mot à dire, moi !

Jason lui tendit son portable :
— Oui, tu peux appeler un taxi !

Chapitre 17

— Maintenant, tu vas jongler avec des balles.

Obéissant à Guillaume Richelme, Jason se plaça au centre de la pièce et se mit à jongler avec des balles imaginaires. Ses gestes étaient souples, ses doigts agiles, ses yeux attentifs. Une balle lui échappa. Il fit semblant de la ramasser et continua l'exercice.

— Bien, apprécia le professeur. À présent, les balles deviennent brûlantes, de vrais charbons ardents.

Jason grimaça. Son corps fut pris de frissons. Ses mouvements devinrent saccadés. Soudain, il poussa un cri, jeta les balles au loin et secoua ses doigts, singeant la douleur.

— OK, à toi, Phil.

À cet instant, Anaïs poussa la porte et entra timidement dans la salle.

— Tiens, la Belle au Bois Dormant ! s'écria Guillaume. Alors, te voici revenue. Si ce n'est pas trop indiscret, on peut savoir où tu étais passée ?

— J'ai fait un petit voyage, dit Anaïs, les yeux baissés.

— Un déplacement culturel, j'imagine, ironisa Guillaume.

Anaïs secoua la tête en silence d'un air embarrassé, plus vrai que nature. Le professeur consulta sa montre.

— Remarque, tu n'as jamais que seize jours et sept heures et demie de retard. Si ça se trouve, les caméras sont encore là, les techniciens t'attendent. Quant à moi, malgré tout mon plaisir de te revoir, je ne peux t'admettre au cours. J'ai besoin d'un mot de Mme Ferrier.

— Elle n'est pas là, dit Anaïs d'une voix douce.

— Eh bien, tu vas l'attendre aussi longtemps qu'il faudra. C'est ton tour, non ?

— Désolée.

Anaïs exécuta un demi-tour gracieux qui fit voler ses cheveux blonds et sortit de la salle en silence. Jason apprécia en connaisseur : « Parfaite pour le rôle ! » Devant ce numéro de charme et de repentir, nul ne douta qu'elle avait perdu la tête en rencontrant le grand amour. D'autant que Stéphane renforçait cette conviction en arborant la mine renfrognée du garçon qui vient de se faire plaquer.

Préoccupée par ce dépit amoureux, la pensée de Jason erra sur la classe et s'arrêta sur la tête brune de Scarlet. Après son refus de la veille, il n'avait pas eu droit au moindre regard. Il avait cessé d'exister à ses yeux. « Je lui parlerai ce soir, au cours de la répétition de *La Tarentule* », se jura-t-il. Mais il restait neuf heures à attendre. Un supplice.

Sous des dehors effrontés, Jason était d'une timidité maladive avec les filles, à cause de sa laideur. Son cynisme était une façon de se protéger de leurs railleries. C'est pourquoi, même en rêve, il n'aurait jamais imaginé qu'une beauté comme Scarlet pût tomber amoureuse de lui. Et, au lieu de saisir sa chance, animal qu'il était, il l'avait laissée tomber pour aider deux idiots. Jamais elle ne lui pardonnerait. Pourtant, il ne pouvait pas rester ainsi, il fallait qu'il sache, même s'il devait en mourir de regret.

Prenant son courage à deux mains, dès la classe terminée, il s'approcha de la jeune comédienne.

— Excuse-moi pour hier, murmura-t-il.

Elle leva sur lui des yeux étonnés :
— Hier ?
— Je devais partir, tu comprends…

Elle se frappa le front, comme si elle retrouvait subitement la mémoire :
— Ah oui, le dîner ! Ce n'est pas grave. Éric est venu me tenir compagnie. Il avait apporté des disques de Phil Collins, c'était chouette !
— Cool, dit Jason en masquant sa déception sous un large sourire.

Fou qu'il était d'avoir imaginé qu'elle voulait sortir avec lui ! Il aurait dû savoir, pourtant, qu'il était incapable d'inspirer l'amour. Il avait connu ça jadis. Pendant toute une année, il avait éprouvé une folle passion pour Mélissa et avait cru cet amour réciproque, jusqu'au jour où la jeune fille l'avait repoussé. Scarlet était une amie, ce n'était déjà pas si mal. Pour sa soirée, le premier venu avait fait l'affaire.

Il s'éloignait, le cœur lourd, lorsqu'elle le rappela en riant :
— Mais non, idiot, j'ai passé une partie de la nuit toute seule devant la télé à te traiter de tous les noms !

Il posa la main sur son cœur avec une mimique de tragédien :
— Moi aussi, je t'ai traitée de tous les noms, mais les miens étaient plus doux.
— Ce soir, alors ? À moins que tu préfères te

balader sous la pluie ?

Il fit semblant de réfléchir, puis se décida avec un grand soupir :

— Je crois que j'ai une petite préférence pour ta compagnie.

— Apporte un gâteau au chocolat, et ton disque de Stacey Kent.

— Ah, c'était pour ça !

— Pour quoi d'autre ? dit-elle en pouffant.

Pendant ce temps, au rez-de-chaussée de l'académie, Anaïs avait une conversation beaucoup moins tendre avec Martha Ferrier. La physionomie de la directrice était aussi froide et métallique que sa chaise roulante.

— Ainsi, tu veux me faire croire que tu as disparu sur un coup de folie ?

— J'ai perdu la tête, confirma Anaïs d'une voix à peine audible.

Dans ces moments-là, le regard de Martha était un scalpel capable de vous ouvrir la chair et le cœur.

— Tu sais que tu as beaucoup de chance ? dit-elle.

Anaïs leva sur la directrice des yeux noyés de larmes. Elle était tout près de lui confesser la vérité. L'interrogatoire que lui avait fait subir l'inspecteur Roubaud, deux heures auparavant, n'était rien comparé à celui-là. Le policier s'était contenté de noter les adresses de sa marraine et de Jean Salinas. Martha, elle, n'était pas dupe de sa comédie. Elle répondait aux questions à sa place et faisait mouche à tous les coups.

— Je ne te crois pas. Une chance pour toi, répéta-t-elle, sinon je te renverrais définitivement, car je te jugerais indigne de la carrière que tu as choisie. Là, je me borne à t'exclure pour dix jours. Je te connais, Anaïs. Tu es une fille sérieuse. Tu as subi une mauvaise influence. Je ne veux pas savoir laquelle. Dis-toi que ta disparition a failli compromettre la réalisation d'un film pour lequel nombre de gens se sont battus. Je ne parle pas de la perte financière, tu n'es pas seule en cause dans cette histoire. Mais tu as une dette envers moi et envers l'école, ne l'oublie pas. Je te le rappellerai le moment venu.

— Merci, balbutia Anaïs en se levant de sa chaise.

En proie au vertige, elle se cogna à la porte. Elle ne savait pas si elle devait rire ou éclater en sanglots. Martha était une grande dame, belle, noble et généreuse. Anaïs était impatiente de lui prouver qu'elle avait eu raison de lui faire confiance.

Dans le hall, elle rencontra Mélissa Lioret, qui avait repris le rôle de Margaux. Avec sa douceur coutumière, Mélissa, la voyant bouleversée, la serra dans ses bras :

— Pas trop dur ?
— Dix jours de renvoi.
Le sourire de Mélissa s'épanouit.
— On va se revoir bientôt, alors ? Tu peux te vanter de nous avoir fait peur !

À son tour, Anaïs sourit à travers ses larmes :
— Il paraît que tu as été merveilleuse dans le rôle de Margaux.
— Tu aurais fait tout aussi bien.

Anaïs secoua la tête. Tout le monde savait que Mélissa était la comédienne la plus douée de l'académie.
— C'est beaucoup mieux ainsi, dit-elle. Je rate tout ce que j'entreprends, et en plus je porte la poisse.
— Eh bien, moi qui croyais que tu avais rencontré l'amour de ta vie ! dit Mélissa d'un ton taquin.

Anaïs rougit en pensant : « Si au moins c'était vrai ! » Mais son aventure avec Stéphane était terminée. Elle avait décidé de mettre de l'ordre dans sa vie.

Pour échapper au regard perspicace de Mélissa, elle demanda :
— Et Flora ? On a des nouvelles ?
Le sourire de Mélissa s'effaça brusquement :
— Aucune.
— Et David ?
— Il doit quitter le commissariat aujourd'hui.

Il est peut-être déjà libéré à cette heure-ci. Ils l'ont mis en garde à vue sous prétexte qu'il est le dernier à avoir vu Flora le matin de sa disparition. Mais David l'avait déjà enlevée, n'est-ce pas ?

Anaïs perçut dans la voix de Mélissa une amertume, qu'elle mit sur le compte de la stupidité policière. Elle demanda timidement :

— Tu crois qu'ils sortaient ensemble ?
— Il paraît !
— Et le film ?
— La cata ! Le projet est tombé à l'eau. Serge en est malade.

Anaïs soupira :
— Tout ça à cause de moi !
— Non, à cause de Flora...

Cette fois, Anaïs perçut une sourde rancune dans les propos de Mélissa.

— On a eu tort de l'engager, poursuivit celle-ci. Le rôle de Maria te convenait à merveille. Ici, on est très différents des autres, passionnés, un peu fous, bien ou mal inspirés, quelle importance ? On est comme ça, c'est tout. Flora Michèle ne peut pas comprendre. C'est notre âme, ce sont nos défauts, pas les siens.

Elles échangèrent un sourire. Un jour, peut-être, elles seraient rivales. En attendant, elles étaient liées l'une à l'autre comme des sœurs jumelles.

Chapitre 18

— Je rêve ! s'écria Phil.

Flora Michèle venait de faire son entrée, radieuse, ravissante et bronzée. Assaillie de questions, elle répondit avec un geste insouciant :

— J'étais chez des amis, au Cap-Ferrat.

— Vous savez qu'on tournait un film, ici ? demanda Guillaume Richelme, agacé par la désinvolture de l'actrice.

Elle fit la moue :

— Le moins qu'on puisse dire, c'est qu'il était mal parti, votre film. J'avais besoin de faire le point. Serge Mailleret aussi, je suppose.

— Et David, vous avez pensé à lui ? demanda Mélissa avec froideur.

— Je n'ai pensé qu'à lui, ma chérie, dit Flora. Nous avons passé la journée d'hier ensemble. Il m'a raconté ses démêlés avec la police. C'est pour lui que je suis revenue.

— Pour échapper aux journalistes aussi, je crois, dit Guillaume.

— Vous êtes bien informé, constata Flora en riant. Il est vrai qu'ils avaient retrouvé ma trace. Huit jours de tranquillité et d'anonymat, c'était trop demander.

Martha, avertie du retour de l'actrice, se mêla soudain à la conversation :

— Vous savez que la police a mobilisé deux brigades ? On a cru à un enlèvement !

Flora fronça les sourcils :

— Je ne peux pas empêcher les gens de parler. Par contre, je peux les empêcher d'empiéter sur ma vie privée.

— Quand on signe un contrat comme celui qui vous liait à *Secrets de stars*, on renonce à faire passer sa vie privée avant son métier, fit remarquer Martha avec sévérité.

La réprimande jeta un froid dans l'assistance. À en juger par l'air dépité de Flora, il devait y avoir longtemps qu'on ne lui avait pas parlé sur ce ton.

— Je ne peux pas vous blâmer de me juger

égoïste et frivole, dit-elle d'une voix contrainte. Ma conduite semble vous y autoriser. Mais, quand vous découvrirez les vraies raisons de cette fugue, j'allais dire de cet enlèvement, j'espère que vous me rendrez justice.

Élèves et professeurs, de plus en plus nombreux, s'assemblaient autour de la comédienne dans le grand hall. Les questions fusaient de tous côtés. Flora retrouva son sourire :

— C'est une vraie conférence de presse !

— Vous croyez que votre notoriété avait besoin de toute cette mise en scène ? demanda Martha, qui ne désarmait pas.

— La mienne, non, répliqua Flora. Celle de l'académie, peut-être. Le meilleur service que j'aie pu vous rendre a été de disparaître. Et je ne vais pas m'arrêter en si bonne voie. Je ne reviendrai pas. Si je suis ici, c'est pour vous dire au revoir. Vous avez tous été merveilleux. Je ne vous oublierai pas.

Sur ces paroles surprenantes, elle déposa un baiser sur sa main et le souffla sur ses admirateurs, puis se dirigea vers le parking, où Myriam l'attendait au volant de sa voiture.

Malgré le sentiment de jalousie dont elle ne pouvait se défaire à son égard, Mélissa admira la ravissante silhouette de la star. Elle enviait son aisance et sa simplicité. Les mouvements de son corps, les expressions de son visage avaient beau être étudiés, mesurés, maîtrisés, ils paraissaient miraculeusement naturels.

— Ça, c'est du cinéma ! s'exclama Jason.

Une heure plus tard, Flora retrouva David dans un petit café de la Rive Gauche.

— J'espère que monsieur est satisfait, dit-elle.

— Je devrais ? répliqua son compagnon.

Flora le dévisagea d'un air interdit :

— J'ai fait ce que tu m'as demandé, non ?

— Moi aussi, j'ai fait ce que tu avais décidé, mais sans le savoir, répliqua David avec un fond d'amertume.

Elle fronça les sourcils :

— J'ai disparu pour vous aider, ce n'est pas ce que tu souhaitais ?

— Si. Du moins, c'est ce que je croyais. Je voulais que Fernandez renonce au film. C'est chose faite. Après ta disparition, il a préféré passer la main. Le groupe Kazan, dirigé par mon beau-père, lui a proposé de racheter les droits du film et de lui rembourser toutes les sommes qu'il a engagées. Fernandez réalise ainsi un profit substantiel sans prendre le moindre risque.

— Tout va bien, dans ce cas. Où est le problème ? demanda-t-elle d'une voix enjouée.

— Le problème, c'est toi, Flora, dit David tristement.

— Moi ? Pour te satisfaire, j'ai disparu sans laisser d'adresse, compromis ma réputation. Je ne sais pas si tu te rends compte : aux yeux des réalisateurs et des producteurs, je suis devenue capricieuse, frivole, écervelée. Une femme qui n'en fait qu'à sa tête. J'ai ruiné ainsi plusieurs années de travail consacrées à me forger une image de pro pure et dure.

David lui prit la main et la porta à ses lèvres tout en la regardant au fond des yeux :

— Nous savons, toi et moi, que tu n'as pas fait ça uniquement pour mes beaux yeux.

— Et pour quoi d'autre ? murmura-t-elle d'une voix tendre.

— Parle-moi un peu de *War* de Frankheimer, exigea David.

— C'est un très grand film dont je serai la vedette. Je viens de signer un contrat avec Universal.

— C'est là où tu étais, ces jours-ci, non ? Pas au Cap-Ferrat, comme tu l'as prétendu, mais à Los Angeles. Le tournage de *War* doit commencer dans un mois. Ce qui signifie que, si tu avais tourné dans *Secrets de stars*, tu aurais dû renoncer à Hollywood. Dur sacrifice, dit-il, sarcastique.

— C'est une chance pour moi, admit-elle. Un grand rôle sous la direction d'un des plus célèbres réalisateurs actuels. Ma carrière va prendre une autre dimension.

Il hocha la tête :

— J'en suis heureux, mais pourquoi ne m'avoir rien dit ?

— Rien n'était décidé, et je suis terriblement superstitieuse.

— Non, Flora. La vraie raison, c'est qu'en rompant ton contrat tu aurais dû payer un énorme dédit. L'idée de cette fugue venait de toi, avoue-le. J'étais d'accord, je le suis toujours. *Secrets de stars* se fera sans toi. Mais j'ai l'impression que tu m'as menti et que je t'ai perdue.

Elle se pencha vers lui et noua les bras autour de son cou :

— Je t'aime, David, murmura-t-elle. Je ne veux pas te perdre.

Elle était si belle qu'il en avait le vertige. S'il voulait la garder, il devait l'accepter telle qu'elle était : une star bourrée de secrets, de calculs et d'ambition. Cette pensée lui fit peur, mais il n'était plus en état de choisir, il était amoureux.

Quelques minutes plus tard, ils émergeaient d'un long baiser lorsque l'inspecteur Roubaud fit irruption dans le café.

— Monsieur le policier, quelle bonne surprise ! s'écria Flora avec une moue ironique qui démentait ses propos.

— Comment avez-vous fait pour nous retrouver ? demanda David d'un ton moins aimable.

— Myriam, dit seulement l'inspecteur.

Flora tapota le fauteuil voisin pour l'inviter à s'asseoir.

— Quel bon vent vous amène ?

— « Bon » n'est pas le mot qui convient. Ralph Fernandez a déposé une plainte à votre encontre.

L'actrice réprima un sourire :

— Pour enlèvement ?

— Escroquerie.

Flora battit des cils et fixa le policier avec plus d'attention :

— Je croyais que tout était réglé ?

— Je le croyais aussi, mais ce n'était pas le cas. Quand on joue avec le feu, il faut s'attendre un jour ou l'autre à se brûler les doigts.

En dépit de son air amical, il était évident que le policier n'était pas fâché de leur faire peur. En fait, il n'avait pas digéré l'affaire des faux enlèvements qui l'avait ridiculisé aux yeux de ses supérieurs et de ses confrères. En outre, il était jaloux de David et envieux de la tendre complicité des deux comédiens.

David, qui n'était pas dupe de sa démarche hypocrite, ne put retenir un mouvement de mauvaise humeur :

— J'avoue que je ne comprends pas très bien. Vous êtes à la criminelle, non ? Alors, en quoi la plainte de ce marchand de soupe vous concerne-t-elle ?

Jacques Roubaud se raidit :

— Je suis ici à titre officieux. Je tenais simplement à vous prévenir.

Flora lui tendit la main en souriant :

— C'est très généreux de votre part, inspecteur. Je ne vous oublierai pas.

Sa manière de signifier que leur entretien était terminé avait tant de séduction que Roubaud s'inclina malgré lui.

— Moi non plus, mademoiselle, je ne vous oublierai pas.

— Flora.

— Flora, répéta-t-il avec docilité.

Il avait cru prendre sa revanche, et voilà qu'il retombait sous le charme de la jeune femme. Il se hâta de sortir.

En fin d'après-midi, après avoir quitté Flora, David téléphona à Bénédict Kazan :

— Tu es au courant pour Fernandez ? Il paraît qu'il a porté plainte.

Il pensait que son beau-père serait furieux de découvrir que ses négociations avec le producteur n'avaient pas abouti. Mais, au lieu de se fâcher, Bénédict se mit à rire :

— Simple tentative pour décrocher un petit bonus. C'est monnaie courante chez les vautours de son espèce. Quand notre homme a compris qu'il n'obtiendrait pas un euro de plus et qu'il risquait de perdre tout ce qu'on lui avait promis, il s'est dépêché de retirer sa plainte.

— Je te remercie.

— Il n'y a pas de quoi. Ce film est l'occasion idéale de diversifier les activités de notre fondation. Je pense que *Secrets de stars* est une bonne affaire. Le budget n'est pas énorme et Mailleret a beaucoup de talent. Bien entendu, je regrette le forfait de Flora Michèle, c'était un atout supplémentaire. Que devient-elle ? Tu as peut-être de ses nouvelles ?

David perçut l'ironie. Les échos de son aventure amoureuse étaient parvenus jusqu'à la direction générale du puissant groupe Kazan.

— Elle s'envole lundi prochain pour Los Angeles, dit-il d'une voix neutre.

— Le film de Frankheimer !

Il y eut un long silence. David crut que son beau-père avait coupé la communication, mais la voix moqueuse de Bénédict retentit de nouveau :

— Au fait, Los Angeles, ce n'est pas là que tu dois accomplir ton prochain stage d'été ?

— Qui ? Moi ?

— Au centre Barrymore, si je me souviens bien, insista Bénédict.

David sourit en réalisant que son beau-père était en train de lui offrir un prétexte pour rejoindre Flora. Un milliardaire avec un cœur comme le sien, ça ne se rencontrait pas souvent dans les couloirs de Wall Street !

— Je ne sais pas si c'est une bonne idée, dit-il.

Mais il pressentait qu'il ne pourrait pas résister.

Chapitre 19

L'académie avait rarement connu une telle pression. Les professeurs tentaient de rattraper le temps perdu dans la plupart des disciplines. Les spectacles de fin d'année prenaient forme, et les répétitions mobilisaient toutes les salles jusqu'à une heure avancée de la nuit. Le rythme de travail était infernal. Malgré son mois de repos forcé, Anaïs était épuisée. Ses amis n'étaient pas en meilleur état. Jason lui-même accusait la fatigue des jours trop intenses et le stress des nuits sans sommeil.

Au lieu de détendre les esprits, le retour de Serge Mailleret ajoutait à l'anxiété. Les étudiants avaient beau se convaincre que *Secrets de stars* était désormais la propriété exclusive de l'Art School, et un peu la leur, ils ignoraient encore ce qu'allait être leur participation, quel serait le sort des séquences déjà filmées et à quelle date pourrait reprendre le tournage.

Mélissa avait toutes ces incertitudes en tête lorsqu'elle frappa timidement à la porte du bureau mis à la disposition du réalisateur.

— Entre ! cria celui-ci.

Elle lui sourit avec reconnaissance. Il avait toujours été gentil et indulgent avec elle. Elle voulut le lui dire, mais fut arrêtée dans son élan par la sonnerie agressive de son portable. Ignorant sa main tendue, Serge lui fit signe de s'asseoir, puis il se mit à parler avec une dureté qu'elle ne lui connaissait pas :

— Non, il n'en est pas question. Je te l'ai déjà dit, je te le répète une fois pour toutes, c'est non !... Le théâtre ? Parfait pour toi. C'est ça, à bientôt. Bonne chance.

Après avoir interrompu la communication d'un geste sec, il se passa la main sur le visage et inspira profondément pour reprendre son calme.

— Excuse-moi. Ce film finit par m'obséder. Remarque, je dis ça à chaque fois. Tous mes films ont été des obsessions. Je suppose que j'ai besoin de cette névrose pour mener mes projets à bien. Mais celui-ci bat tous les records. L'intervention de la fondation Kazan est une chance inespérée ; en même temps, c'est un défi. Nous n'avons pas droit à l'erreur. C'est pourquoi j'ai décidé de tout reprendre à zéro, hormis les scènes de répétitions, ballets, concerts, représentations théâtrales. Là, nous avons des choses excellentes, je garde. En revanche, je balance toutes les séquences impliquant nos personnages pour revenir à une version améliorée du premier scénario.

Il posa un regard désolé sur la jeune comédienne :

— Cela signifie, hélas, que le travail remarquable que tu as effectué sur Margaux a été inutile. Enfin, pas tout à fait : il servira de modèle à celle qui va te remplacer.

Durant quelques instants, la stupeur pétrifia Mélissa, puis une cruelle déception l'envahit. Se voir exclue après avoir tant espéré... Les éloges dont il l'avait couverte n'étaient donc que des encouragements ! Surmontant avec peine son désarroi, elle balbutia :

— Je comprends. Il faut donner sa chance aux autres. En tout cas, je veux que vous sachiez que j'ai été heureuse et fière de travailler sous votre direction. J'ai énormément appris durant ces huit jours.

Redoutant de fondre en larmes en sa présence, elle se leva.

— Où vas-tu ? s'étonna Serge. Attends, tu

n'auras plus le rôle de Margaux, mais je veux te confier celui de Maria.

— Maria ?

Elle le dévisagea, interdite.

— À moins que le personnage ne t'intéresse pas, dit-il en réprimant un sourire.

— Ce n'est pas ça, mais Flora Michèle ?

Serge consulta sa montre.

— À cette heure, Mlle Michèle vole au-dessus de l'Atlantique, direction Hollywood. Tu vois, une bonne nouvelle n'arrive jamais seule.

Comme Mélissa rougissait, il évita de la taquiner davantage.

— Je ne suis pas fâché du départ de Flora. C'est indiscutablement une bonne comédienne, mais le rôle de Maria te convient mieux.

Cette fois, les larmes coulaient, impossible de les arrêter. Mélissa renifla comme une idiote.

— Je suppose que ça veut dire oui, dit Serge.

En sortant du bureau, Mélissa était encore bouleversée. Croisant Anaïs, elle voulut lui adresser la parole, et ne réussit qu'à éclater en sanglots. Devant ce violent chagrin qu'elle croyait causé par le désespoir, la visiteuse faillit tourner les talons. « Si Mélissa est en pleurs, se disait-elle, comment je vais être dans quelques instants ? »

Serge l'avait sans doute convoquée pour lui dire sa façon de penser. Au lieu de le remercier de lui avoir donné sa chance, elle avait participé au naufrage de son film. Dans ces conditions, pas question de reculer. Aussi sévères qu'ils fussent, ses reproches seraient bien mérités.

Elle frappa.

— Oui !

Le ton, hargneux, la pétrifia. Installé derrière son bureau, Serge lui fit signe de s'asseoir, puis il la dévisagea en silence, avec une insistance qui la mit mal à l'aise. Enfin, il consentit à demander avec un humour glacé :

— Ta disparition subite, c'était une façon de répéter ta scène, dis-moi ?

— Non, souffla-t-elle.

— Tu me rassures. Entre nous, c'était fort mal joué. Ton histoire de folle passion, à d'autres ! Et inutile de t'accuser d'avoir perpétré le crime du siècle : ton absence est passée inaperçue. Il m'a fallu dix minutes pour te remplacer, pas davantage. Dans ton aventure, dis-toi bien qu'il n'y a qu'une victime, c'est toi !

Comme la jeune comédienne semblait malade d'humiliation, il se radoucit :

— À présent, il faut savoir si tu es décidée à travailler sérieusement.

— On m'a renvoyée, j'ai eu le temps de réfléchir, dit-elle étourdiment. J'ai repris les cours depuis une semaine, après presque un mois d'absence, et j'ai déjà rattrapé mon retard…

Il laissa échapper un geste d'agacement :

— Je ne te parle pas de l'école, mais du film. Tu es prête, oui ou non, à reprendre le rôle que je vais t'offrir ?

— Mais... Mélissa ? bégaya-t-elle.

L'idée qu'on avait enlevé son rôle à la jeune comédienne pour le lui offrir lui fut insupportable. Après tout ce qui s'était passé, elle aurait trop honte. Jamais elle ne prendrait sa place !

— Je ne sais pas ce que vous avez toutes à me citer le nom des autres lorsqu'on vous propose un rôle ! s'emporta Serge. Mélissa pleurnichait parce que je lui proposais celui de Maria. Et maintenant tu te lamentes à la pensée d'être Margaux !

— Margaux ? Vous êtes sûr ? demanda-t-elle, suffoquée.

— C'est ton rôle, non ?

— Margaux, c'est génial ! s'écria-t-elle, soudain épanouie. Cette fois-ci, je ne flancherai pas. Je vous promets d'être une heure en avance à tous les tournages.

— Je ne t'en demande pas tant, soupira-t-il en la voyant se trémousser sur son fauteuil.

À cet instant, David passa la tête par l'entrebâillement de la porte.

— Entre, commanda le réalisateur, pressé de couper court aux effusions d'Anaïs.

La jeune fille était si euphorique qu'en sortant

du bureau elle se suspendit au cou de David et l'embrassa.

— J'aimerais bien savoir ce que vous avez dit à cette fugueuse pour la mettre dans cet état ! plaisanta le jeune Américain.

Serge mit un doigt sur ses lèvres :

— Secret professionnel. De toute façon, les filles sont toutes givrées, dans cette école. C'est sans doute la raison pour laquelle tu as choisi ta copine en dehors de l'académie.

— Vous la croyez plus raisonnable ?

— Pas tellement, non, dit Serge avec une grimace éloquente.

Il fit le tour de son bureau et s'installa à côté de David pour donner à leur conversation un tour plus confidentiel.

— Je tiens à ce que les choses soient très claires entre nous. Tu conserves le rôle de Jean, comme convenu, mais le fait d'être le fils du producteur ne te donne aucun droit, OK ? Tu travailles sous ma direction, ce qui exclut de ta part toute initiative.

— C'est ainsi que je l'entends, dit David d'un ton froid.

Le réalisateur lui ébouriffa les cheveux d'un geste amical :

— Ne m'en veuille pas. Je ne tiens pas à replonger dans l'un de tes pièges machiavéliques !

— Pourtant, il vous a bien rendu service, ce piège, fit remarquer David. Sans lui, votre film tombait à l'eau.

— Pourquoi ton beau-père n'a-t-il pas traité spontanément avec Fernandez pour lui racheter les droits, au lieu de monter cette histoire rocambolesque ?

— Il a essayé. L'autre ne voulait rien savoir. Il a fallu bloquer le tournage pour le forcer à négocier.

Il évita avec soin d'évoquer les vraies motivations de Flora. Mais le réalisateur n'était certainement pas dupe.

— J'espère que les journalistes n'apprendront jamais la vérité, dit Serge. Sinon, Flora ne sera pas seule à en pâtir. En attendant, oublions cette triste expérience. Si *Secrets de stars* est une réussite, personne ne nous posera de questions. On dira seulement : Mailleret est un perfectionniste.

— Et David Harris, un grand acteur, le maître de la comédie romantique, ajouta l'Américain.

Le réalisateur leva les yeux au ciel :

— Tu appelles ça une comédie !

Chapitre 20

Lorsqu'ils caressèrent les cheveux de David, les doigts de Mélissa se mirent à trembler. Elle pensait pourtant ne rien ressentir. Son amour était de l'histoire ancienne. Il lui avait fallu un an et demi pour admettre qu'elle ne serait jamais pour David Harris qu'une amie. Et voilà que cette caresse réveillait en elle une émotion qu'elle avait crue morte. Elle devait attirer son visage, l'embrasser devant les caméras. Elle avait fait la même chose avec d'autres partenaires sans jamais rien ressentir. Avec lui, c'était au-dessus de ses forces. Ce n'était pas Maria, mais bel et bien Mélissa qui embrassait David.

— Coupez! commanda Serge.

C'était la neuvième prise. La jeune actrice se dit avec désespoir qu'elle n'y arriverait jamais.

— Je m'excuse, murmura-t-elle.

— Ce n'est pas grave, la consola David.

Si au moins il n'était pas si gentil avec elle! En fait, « gentil » n'était pas le mot. David n'était pas gentil, il tentait toujours de séduire, et y parvenait fort bien, sans jamais rien donner. Au fond, il n'était qu'un égoïste, obsédé par son succès.

« Je suis vraiment nulle! » rumina-t-elle. Elle jouait mal et, en plus, elle éprouvait un sentiment de culpabilité, car les cheveux qu'elle caressait, les lèvres qu'elle embrassait, l'émotion qui l'envahissait, appartenaient à une autre. David aimait Flora à sa manière. Et Mélissa avait l'impression de profiter honteusement de la situation.

Elle fit un effort pour se concentrer sur les conseils du réalisateur.

— Maria est à la fois forte et vulnérable, comme toi, Mélissa. Mais, dans ses rapports avec Jean, c'est la force qui l'emporte. Elle le domine intelligemment, car elle le soupçonne. Alors, tu dois dompter la tendresse qu'il t'inspire. Je sais que le personnage est ambigu; toute l'histoire repose précisément sur ses pulsions contradictoires. Tu peux le faire, Mélissa. Tu as besoin d'une pause?

— Non!

Elle avait crié. Elle était furieuse contre elle-même et contre David. De quel droit la troublait-il avec son sourire, sa séduction, sa fausse tendresse ? Elle reprit ses marques et attendit le signal.

— Fermez-la ! hurla Jason.

Toute l'académie assistait au tournage. Comme les spectateurs, trop nombreux, se mettaient à rire, il s'emporta :

— Vous empêchez Mélissa de se concentrer. Ça vous amuse peut-être ? Pas moi, ni tous ceux qui bossent ici pendant que vous glandez !

Mélissa lui adressa un regard reconnaissant. En accusant les spectateurs de la déconcentrer, il donnait à ses maladresses une explication plus avouable que son stupide amour. C'était d'autant plus généreux de sa part que, tandis qu'elle aimait David, jadis, Jason était amoureux d'elle, et elle ne s'était pas mieux comportée avec lui que David avec elle.

— *Secrets de stars*. Scène 8, dixième !

Cette fois, Mélissa joua sans contrainte. Elle promena ses doigts dans les cheveux de son partenaire, elle l'embrassa, mais sa pensée était ailleurs. Maria voulait découvrir ce que Jean lui cachait. Elle l'interrogea. Vaincu, il répondit. Alors, en possession de ses secrets, Maria lui caressa la joue comme l'on fait avec un enfant obéissant. Ce geste vint spontanément à Mélissa.

— Coupez ! dit Serge. Excellent, cette fois, on la tient !

Mélissa revint à elle. Pendant quelques minutes, elle avait oublié l'existence de David.

— Génial, murmura Jason.

— Ce geste que tu as eu, à la fois tendre et ironique, c'était tout simplement sublime ! s'écria Élisa.

— Tout simplement ! répéta Mélissa en riant.

Elle faisait la modeste, mais, au fond, elle était fière, plus encore d'avoir rompu définitivement avec David que d'avoir donné la preuve de son talent. Personne, désormais, ne viendrait s'interposer entre son personnage et elle.

Serge Mailleret frappa dans ses mains :

— Allez, on enchaîne sur l'enlèvement de Véronique et la panique qui s'empare de l'école. J'ai besoin de tout le monde. Rassemblement général dans le hall. C'est une simple répétition. On va filmer la scène en vidéo pour régler le parcours et l'attitude de chacun. N'oubliez pas : vous n'êtes pas des figurants, mais des acteurs.

— Tous en bas, dépêchons ! cria Jason.

Les étudiants gagnèrent le hall de l'académie. Là, Serge alla de l'un à l'autre pour préciser une nouvelle fois les rôles. Cent cinquante figurants étaient réunis. Chacun participait à un désordre apparent, dont le moindre détail était minutieusement réglé.

Depuis un mois, Jacques Roubaud n'était pas revenu à l'académie, et, après sa déconvenue, il s'était bien juré de ne jamais y remettre les pieds. Il franchit le seuil avec humeur et fut pris dans un véritable tourbillon. Les étudiants affolés couraient dans tous les sens en criant.

— Que se passe-t-il encore ? gronda-t-il.

Un quart d'heure plus tôt, il avait reçu un appel, le prévenant qu'un attentat venait d'être commis à l'Art School. Il avait cru d'abord à une plaisanterie. Mais, vérification faite, l'appel provenait bien de l'école. Il avait sauté dans sa voiture par acquit de conscience. La panique ambiante prouvait qu'il avait eu raison de se déplacer.

Il aperçut la petite Élisa en pleurs, et Anaïs adossée à un pilier, si pâle !

— C'est Véronique ! cria un garçon.

Un groupe terrifié repoussa l'inspecteur vers la porte. Il se libéra avec vigueur, saisit un étudiant au collet :

— Quoi, Véronique ?

Au lieu de répondre, le jeune homme se débattit de toutes ses forces. Roubaud le lâcha à la vue de David Harris. Traversant la foule frénétique, il se précipita vers lui.

— Tu vas m'expliquer ce qui se passe, à la fin ?

Le jeune Américain le dévisagea avec stupéfaction :

— Qu'est-ce que vous faites ici?

L'inspecteur regarda autour de lui. Les élèves avaient cessé de crier. Pétrifiés, ils examinaient le policier comme une bête curieuse.

Jonas, sa caméra vidéo à l'épaule, grommela :

— Qui c'est encore, ce connard?

— L'inspecteur Roubaud en personne, répondit Jason, sarcastique.

Une lueur dangereuse s'alluma dans les yeux du policier :

— On m'a téléphoné... C'est toi, petit salopard, je reconnais ta voix!

— Moi? protesta Jason, la main sur le cœur.

Comme Jacques Roubaud marchait sur lui d'un air qui ne laissait aucun doute sur le sort réservé au coupable, Jason amorça une prudente retraite.

— En fait, oui, c'est moi, expliqua-t-il d'une voix précipitée. L'école a préparé un cocktail pour célébrer la reprise du tournage, et nous tenions tous à votre présence. J'ai téléphoné plusieurs fois au commissariat, j'ai laissé des messages. Vous ne répondiez pas. Alors, je me suis rappelé que vous étiez friand d'affaires d'enlèvement...

L'inspecteur leva la main :

— Si je ne me retenais pas...

— Rideau! commanda Jason.

Les étudiants repoussèrent une toile noire masquant la table de cocktail qu'on avait installée devant la cafétéria. Anaïs saisit une coupe de champagne et l'offrit au policier.

— Ce n'était qu'une répétition, soupira Serge Mailleret, résigné.

Jacques Roubaud consentit à sourire :

— Vous êtes certain que cette maison n'est pas un hôpital psychiatrique ?

— Sûr, dit Jason. Ici, tout le monde est vraiment fou !

FIN

---- *Extrait* ----

Pour continuer à vivre
au rythme de

Lis vite cet extrait de

NÉE POUR CHANTER

——————— *Extrait* ———————

Hissée sur la pointe des pieds devant la petite glace des toilettes, Aria lissa ses cheveux et resserra son élastique. « Mauvaise idée, la queue de cheval ! » pensa-t-elle. Outre le fait qu'elle découvrait ses traits irréguliers, cette coiffure ne la vieillissait pas autant qu'elle l'aurait voulu. Ceux qui allaient l'entendre chanter verraient qu'elle avait quinze ans et la traiteraient comme une gamine.

Les filles qu'elle avait croisées dans le studio étaient nettement plus âgées qu'elle. À leur aisance, on devinait qu'elles avaient déjà participé à des auditions. Pour Aria, c'était une première. À l'école où elle étudiait le chant et le

Extrait

théâtre —l'Art School, la célèbre académie des arts du spectacle— il était interdit aux élèves de se produire en public avant le concours de fin d'études. Or, l'enseignement durait quatre longues années. En transgressant cette règle, la coupable s'exposait au renvoi définitif.

Aria tremblait d'être démasquée, exclue et forcée de réintégrer un lycée conventionnel. Pourtant, c'était plus fort qu'elle, il fallait qu'elle sache enfin ce que de vrais professionnels pensaient d'elle. Ses professeurs appréciaient son talent de chanteuse. Certains disaient qu'elle avait une voix promise à un grand avenir pour peu qu'elle lui consacre le temps et les efforts qu'elle exigeait. Mais elle avait besoin d'un autre avis, impartial, impitoyable.

Elle examina une dernière fois son maquillage, léger, pratiquement invisible, sauf le rimmel sur ses yeux noirs. « Mon regard espagnol, mon seul attrait ! » Elle adressa une grimace à son reflet. Elle ne se faisait aucune illusion. Tout ce qu'elle voulait, c'était faire entendre sa voix. Si toutefois elle arrivait à émettre un son, car, pour l'instant, la peur lui nouait la gorge.

Elle consulta sa montre : dix-sept heures. Le moment venu de marcher au supplice. Elle posait la main sur la porte lorsqu'une jeune fille à peine plus âgée qu'elle entra dans les toilettes. Aria reconnut Eurydice Briand, une autre étudiante de l'académie. Le premier moment de surprise passé, Aria éclata de rire :

— Alors, toi aussi ?

Eurydice était en troisième année, c'est-à-dire une année au-dessus d'elle. Au lieu de se divertir de cette rencontre imprévue, la fille afficha un air maussade. Aria haussa les épaules :

— Je sais que je n'ai aucune chance. Je veux juste voir comment ça se passe.

Eurydice prit place devant le miroir avec un sourire condescendant. Elle avait un physique agréable, des cheveux d'un blond très pâle, coupés court, des traits fins, une peau soyeuse. Son jean moulant mettait en valeur sa taille mince et ses reins cambrés. « Sûr qu'elle a plus d'atouts que moi ! » soupira Aria.

— Tu sais ce qu'on attend de nous ? demanda-t-elle.

Elle avait répondu à une annonce sur Internet : « Studio international recherche chanteuses et comédiennes, jeunes et expérimentées, pour spectacle musical. » En réponse à son message, elle avait reçu une convocation lapidaire la priant de se présenter le lundi suivant au studio Arpèges, avenue de Friedland.

— Ils auditionnent pour une comédie musicale,

Extrait

Antinea, dit Eurydice d'un ton supérieur tout en se recoiffant. Il faut savoir chanter et danser. Pas de problème !

« Pour toi, peut-être », pensa Aria. À la perspective d'être obligée de danser, elle fut prise de panique. Cette discipline était loin d'être son point fort à l'académie.

— On ne parlait pas de ça sur Internet, objecta-t-elle d'une voix faible.

— Internet ? s'étonna Eurydice.

— Comment tu as su, pour l'audition ?

— Un copain m'a mise sur le coup.

« En plus, elle a des appuis ! » Aria se demanda soudain si elle ne ferait pas mieux de renoncer. Eurydice resserra d'un cran sa ceinture de cuir et sourit avec une ironie cruelle :

— S'ils ne t'ont pas précisé qu'il faut danser, ils vont le faire dans quelques instants.

Elle pivota et sortit des toilettes. Aria la suivit. « En tout cas, elle est dans la même galère. Elle ne me dénoncera pas, songea-t-elle, c'est déjà ça ! »

1. L'école des stars
2. Un rôle pour trois
3. Née pour chanter

Impression réalisée sur CAMERON par

BRODARD & TAUPIN
GROUPE CPI

*La Flèche
en janvier 2005*

Imprimé en France
N° d'impression : 27761